Stefan Trummer

Sodom und Gomorra

Stefan Trummer

Sodom
und
Gomorra

Umschlaggestaltung, Layout und Satz:
Roland Poferl Print-Design, Köln
Druck und Distribution im Auftrag des Autors:
tredition GmbH, Heinz-Beusen-Stieg 5,
22926 Ahrensburg, Deutschland

Die Publikation und Verbreitung erfolgen im Auftrag
des Autors, zu erreichen unter: tredition GmbH,
Abteilung »Impressumservice« Heinz-Beusen-Stieg 5,
22926 Ahrensburg, Deutschland.
Kontaktadresse nach EU-Produktsicherheitsverordnung:
Impressumservice@tredition.com

ISBN 9783384682185

S&G

Für Karina

»Hier läuft Sodom und Gomorra.« Verständnislos starre ich auf den gegenüberliegenden Tisch, wo ein erwachsener Mann ein pubertierendes Mädchen knutscht. Meine Zuhörer David und Kenny schütteln zwar ihre Köpfe, aber wirken nicht verstört, eigentlich nicht mal wirklich verwundert. Ich bin zwar ehrlicherweise auch nicht bestürzt oder entsetzt, aber schon ein Stück weit erschreckt. »Müssten wir jetzt eigentlich nicht die Polizei rufen?«, will David von mir wissen. Da er in der Regel völlig unfähig ist, zwischen Recht und Unrecht zu unterscheiden, bin ich mir im Klaren darüber, dass seine Frage ernst gemeint ist. »Da es nicht den Eindruck macht, als ob es dem Mädchen gegen ihren Willen aufgedrängt oder aufgezwungen wird, verneine ich mal mit einem klaren *Nope.*« — »Der einzig relevante Sachverhalt ist doch letztlich …« Kenny macht eine Kunstpause, verzichtet Gott sei Dank dabei darauf, aus seinem Himbeere-Kokos-Joghurt-Smoothie zu trinken. »… ist der Typ das pädophile Arschloch oder ist das Mädchen die schlampige Hure?« — »Das ist wohl eine Tautologie«, stelle ich rasch fest. »Was?«, reagiert Kenny verwirrt. »Schlampige Hure, meine ich.« — »*Was* ist damit?« — »Es ist eine *Tautologie*«, wiederhole ich. Kenny ist so verdutzt, dass er sprachlos ist. Eigentlich habe ich dafür nicht die Geduld, aber ich entscheide mich dennoch dafür, den geistig zurückgebliebenen Wichser aufzuklären. »Das ist ungefähr so, als wenn ich sagen würde …« Ich muss einen Augenblick lang überlegen. Davids neugierige Miene zeigt mir, dass auch er keine Ahnung von dem hat, was ich hier erzähle. »Ich habe eine tote Leiche gesehen.« Als Zeichen meines guten Willens gebe ich Kenny die nötigen Sekunden, die sein beschränkter Verstand dafür braucht, die Information zu verstehen. An seinem dämlichen Gesichtsausdruck erkenne ich, wie sein unterbelichtetes Gehirn versucht, sich meine Worte irgendwie zusammenzureimen, aber es ist einfach zwecklos! »Ich will damit sagen, wenn man etwas doppelt wiedergibt, verstehst du? Die Wiederholung eines Ausdrucks mit anderen Worten.« — »Keine Ahnung, auf was du da hinauswillst«, erwidert Kenny geistesverloren. »Was ist eigentlich los mit dir?« Ich sehe ihn scharf an. »Ernsthaft, Mann! *Was ist los mit dir?*« David: »Zu Kennys Verteidigung muss ich sagen …« — »Sag bloß, du hast es auch nicht gerafft!« Meine Gereiztheit verschwindet für einen

Moment, nachdem ich endlich meine Blaubeeren-Pancakes serviert bekomme. Auch David und Kenny bekommen jetzt ihren French Toast mit Zimt. »Ich sehe einfach keinen Zusammenhang zwischen den beiden Beispielen«, bemerkt David. »Für mich ist das alles ziemlich stimmig, um ehrlich zu sein.« — »*Schlampige Hure! Tote Leiche!*« Ich betone es. Ich kann nicht fassen, dass ich ihnen immer noch Zeit zum Überlegen gebe. »Ist das etwa *kein* Widerspruch in sich?«, frage ich rhetorisch. »Könnt ihr da *wirklich* keinen Fehler erkennen?« Ich will noch einen letzten Versuch starten. »Eine Hure ist doch schon *schlampig*, oder etwa nicht? *Schlampe* ist doch nur ein Synonym für *Hure*, oder? Gemeint ist doch *ein und dasselbe*, richtig? Genauso wie eine Leiche schon tot ist! Das Wort *Leiche* impliziert doch, dass es sich um einen *Toten* handelt, korrekt? Weshalb also von einer *toten Leiche* sprechen? Sie *ist* doch schon tot! Das Wort ist also überflüssig! Genauso überflüssig wie das Wort *schlampig*.« Und nachdem die beiden selbst jetzt nicht erkennen lassen, dass sie es auch nur annähernd verstanden haben, tue ich das einzig Richtige und schenke ihnen ein genervtes »Leckt mich am Arsch!« Ich frage mich, ob es mein Espresso Macchiato ist oder die beiden Idioten, die meinen Puls stark steigen und mein Herz schneller schlagen lassen. »Komm schon, Rob! Ist es ernsthaft so tragisch, dass wir das Wort Tautologie nicht kennen?« Kenny schaut verständnislos. »Die Tragödie ist nicht, dass ihr das Wort nicht kennt«, erwidere ich rasant. »Sondern dass ihr es immer noch nicht versteht, nachdem ich es euch erklärt habe!« Kenny und David sind Sprösslinge reicher Familien aus Beverly Hills. Die beiden sehen sich so ähnlich, dass man sie fast für Brüder halten könnte. Sie haben kurze blonde Haare, Kennys sind gefärbt, tiefgrüne Augen und attraktive Figuren. David kleidet sich ein wenig modebewusster und hat das etwas hübschere Gesicht. Kenny ist 26-jähriger Architekt und erzählt allen Leuten, die er trifft, dass er Professor für Architektur werden möchte. David ist ebenfalls 26 und BWL-Student im letzten Semester. Ich kenne die beiden seit dem College. Mit Kenny wohnte ich sogar einmal für einige Monate in einer WG zusammen. Bis mein Arschloch von Vater endlich die Kohle für ein New Yorker Apartment springen ließ. Ich bin nun mal nicht so der Mitbewohner-Typ, weil ich einen Schwanz, einen ausgeprägten Sexualtrieb und großen Bock auf One-Night-Stands habe. Ich bin 27 Jahre alt, habe vor Kurzem wenn auch mit einigen Unterbrechungen mein Studium abgeschlossen und habe nun endlich meinen M. A., also meinen Master of Arts, in der Tasche. Jetzt bin ich endlich an dem Punkt angelangt, an dem ich mir nur noch überlegen muss, was ich damit anfangen werde. Ich bezeichne Kenny und David als meine Freunde. Ich denke, wir sind alle drei dieser Auffassung, nämlich, dass uns eine Freundschaft verbindet. Nun ja, eigentlich ist es mehr eine Kumpanei. Mit einem echten Freund kann man über alles reden, mit einem Kumpel nicht. Mit einem echten Freund hält man es in einer WG aus, mit einem bloßen Kumpel nicht. Für einen wirklichen Freund ist man immer da und hält zu ihm, zu einem Kumpel nur begrenzt. Und nur einen echten Freund würde ich immer vor anderen verteidigen. Im Gegensatz zu mir haben die beiden ab und zu eine Freundin. Wobei man sich ehrlich die Frage stellen muss, wie ernsthaft eine Beziehung sein kann, wenn sie im Schnitt nach zwei Wochen zerbricht. In Wahrheit sind David und Kenny genauso gerne Single wie ich und wollen daran frühestens etwas ändern, wenn sie dreißig sind. Seit meinem Abschluss habe ich irgendwie das Gefühl, dass meine Beziehung zu den beiden immer schlechter wird. Anders gesagt, fühlt es sich fast so an, als ob ich von ihnen zunehmend gemieden werde. Einerseits ist es mir völlig egal. Aber andererseits würde mich schon der Grund dafür interessieren. Ich habe mit Kennys Schwester und mit Davids Cousine gefickt.

Ich rede mir gern ein, dass es daran liegt, dass ich dunkle Haare und braune Augen habe. Und neun von zehn Frauen würden sagen, dass ich den attraktivsten Körper und das anziehendste Gesicht von uns dreien habe.

»Ich würde gerne mal mit einer Vierzehnjährigen ficken«, sagt Kenny und inspiziert dabei das aufreizend angezogene Mädchen. »Ich denke nicht, dass sie vierzehn ist.« David schielt auf das rosa Minikleid, dann auf das stark geschminkte Gesicht der Göre. »Die ist doch mindestens siebzehn.« — »Ich hab doch nur festgestellt, dass ich mit einer Vierzehnjährigen ficken möchte«, entgegnet Kenny schlicht. »Warum?«, will David wissen. »Weil ich immer schon mal mit einer Jungfrau ficken will … Das Problem dabei ist nur …« — »Ja?« — »Na ja, dass die Jungfrau höchstwahrscheinlich beschissen im Bett ist!« — »Auf der anderen Seite kannst du mit so einer vermutlich problemlos den *Dirty Sanchez* abziehen!« David grinst frech. »Ja, stimmt auch wieder«, findet Kenny und grinst ebenfalls.

»Was ist denn ein *Dirty Sanchez*?«, frage ich neugierig nach. David klärt mich auf: »Du vögelst sie von hinten im Doggystyle in den Arsch. Unmittelbar nach dem Abspritzen in ihrem Arschloch steckst du ihr den Finger hinten rein und streichst ihr dann die Mischung aus Scheiße und Sperma

unter die Nase. Das sieht dann aus wie ein dünnes Mexikanerbärtchen, daher auch der Name. »Das klappt doch nie!« Ich bin skeptisch. »Klar funktioniert das«, reagiert Kenny anmaßend. »Habt *ihr* diesen *Dirty Sanchez* erfunden?« — »Natürlich nicht, Mann. Diese Nummer kommt von ganz oben!«, erwidert David. »Was soll das denn bitte heißen?« Ich bin irritiert. »Ich glaube, dass der *Dirty Sanchez* bei einer Vierzehnjährigen nicht das Problem wäre, sondern eher dieser sogenannte Vaginismus.« — »Was?«, frage ich nach. »Du weißt schon, dieses krampfartige Zusammenziehen der Saftpresse. Wo du dann nur unter Schmerzen in die Muschi eindringen kannst, wenn überhaupt.«
Gerade jetzt erreicht mich eine WhatsApp-Nachricht. Eine gute Bekannte aus meiner Highschoolzeit fragt mich, ob ich heute Lust auf ein spontanes Mittagessen mit ihr hätte. Um meine Zustimmung auszudrücken, sende ich den Daumen-hoch-Emoji und schmeiße zusätzlich noch ein paar Smileys nach, damit es den Eindruck erweckt, ich würde mich übermäßig darauf freuen. Jetzt versuche ich, dieses Frühstück mit Beavis und Butt-Head schnellstmöglich zu beenden, weil ich vor dem Lunch mit Casey noch zum Friseur möchte. Ich verabschiede mich schließlich mit einem freundlichen »Peace fellas«.

Schmeichelhaft formuliert würde ich sagen, dass Casey quasi das weibliche Gegenstück zu mir ist. Sie ist extrem attraktiv, hat keine starke Bindung zu ihrer Familie und fühlt sich all ihren Mitmenschen intellektuell überlegen. Was bei ihr eigentlich auch stimmt. Sie hat einen ziemlich hohen IQ, was für mich persönlich einen Menschen allerdings noch nicht auch schon übermäßig *klug* macht. Ich denke, dass Casey sogar noch weniger Freunde hat als ich und ich bin mir ziemlich sicher, dass sie mich nicht als ebenbürtig erachtet. Doch nichtsdestotrotz haben wir seit der Highschool einen relativ guten Draht zueinander, vermutlich weil wir uns in unserem Verhalten ziemlich ähneln und wir wesentlich weniger negative Eigenschaften aufweisen als andere in unserem Alter. Sie war die einzige Person, mit der ich zu Collegezeiten hin und wieder geskypt habe.

»Bist du froh, wieder in Los Angeles zu sein?«, will Casey von mir wissen. »Also ich vermisse New York kein bisschen, das kann ich dir versichern!« — »Ist es denn nicht so wie in dem Lied von Frank Sinatra?« — »Was?«, reagiere ich konfus. »Vergiss es«, erwidert sie lächelnd. »Ich hatte schon immer den Wunsch, in New York zu leben«, lässt sie mich wissen. »Warum hast du mich nicht mal besucht?« Mein Ton enthält keinerlei Vorwurf. Ich kenne die

Antwort darauf ganz genau, und dass Casey gerade zögert, bestätigt es mir nur umso mehr: Weil ich es ihr einfach nicht wert gewesen bin. »Ich hätte dir Manhattan gezeigt. Wir hätten uns in meiner Luxuswohnung bekifft. Wären mit einer Kutsche durch den Central Park gefahren.« — »Wie romantisch«, erwidert Casey vergnügt und nuckelt dabei an ihrem Erdbeeren-Daiquiri. Ich selbst trinke einen Bahama Mama. Wobei der Ananassaft und der Bananensirup nicht sonderlich gut miteinander harmonieren. »Was läuft denn bei dir so?«, will ich von Casey wissen. »Ich meine, was machst du denn jetzt eigentlich genau?« Die Frage ist vollkommen ernst gemeint. Denn ich weiß nur, dass sie mindestens *einen* Doktortitel hat. Ich vermute, dass sie entweder theoretische Physikerin oder Neurobiologin ist. »Ich arbeite in der pharmazeutischen Industrie und betreibe Medikamentenforschung.« Aha, nun weiß ich es, sie ist also Chemikerin! »Dann ist dein Arbeitsplatz also so eine Art Forschungslabor?« — »Ja, genau. Dort prüfen wir zahlreiche Substanzen in verschiedenen Phasen auf ihre Wirksamkeit und Sicherheit.« — »Voll cool! Dann wird es also dir zu verdanken sein, wenn es eines Tages ein Heilmittel für Multiple Sklerose geben wird!« — »Ehrlicherweise muss man sagen, dass große

Durchbrüche in der Medizin trotz der enormen Forschungsanstrengungen relativ selten sind. Es sind aber immer wieder kleine Fortschritte, die erreicht werden, und die sind letztlich auch wichtig, ob es nun die Insulintherapie für Diabetiker, die Krebsbehandlung oder die Transplantationsmedizin ist.« — »Drohen dir auch persönliche Konsequenzen, wenn beispielsweise bei einem Medikament unvorhergesehene schädliche Nebenwirkungen auftreten, bist du dann rechtlich angreifbar?« — »Bevor ein Medikament die Marktzulassung erhält, durchläuft es einen langwierigen und aufwendigen Entwicklungs-, Erprobungs- und Zulassungsprozess. Erst dann kann es Patienten überhaupt verordnet werden. Von 10 000 Präparaten schafft es durchschnittlich nur eins bis zum zugelassenen Medikament.« — »Und diese Arzneimittel werden, wie du gesagt hast, von Leuten wie dir in einem Forschungslabor auf Wirksamkeit und Sicherheit geprüft.« Casey nickt, während sie ihre Quesadillas probiert. Ich habe mein Club Sandwich — Hühnerfilet mit knusprigem Speck, grünem Salat und Tomaten — bis jetzt nicht angefasst. »Und mal ehrlich, das passiert doch auch an Tieren, nicht wahr?« Casey nickt abermals. »Lach mich jetzt nicht aus, okay? Aber besteht nicht auch eine gewisse Wahrscheinlichkeit, dass bei euren Versuchen so was wie in *28 Days Later* passiert?« — »Da wir in unserer Abteilung niemanden mit einem tödlichen, hoch ansteckenden Wutvirus infizieren, ist so etwas zum Glück auszuschließen«, stellt Casey amüsiert fest. »Du hast gelacht«, bemerke ich leicht vorwurfsvoll. »Tut mir leid«, erwidert sie weiter grinsend. »Apropos Virus, der Menschen in Bestien verwandelt. Wie gnadenlos brutal ist eigentlich *The Sadness*!« — »Ich finde ihn auch ziemlich hart, um ehrlich zu sein. Wie cool ist es bitte, dass diese Zombies auch vergewaltigen!«, stelle ich fast euphorisch fest. »In letzter Zeit bin ich wieder voll auf einem Horrortrip«, sagt Casey und starrt dabei auf mein Volcom-Shirt. Ich registriere, dass es mit Frischkäse oder Sour Cream bekleckert ist. Was ziemlich peinlich ist, wenn man bedenkt, dass ich gerade meinen ersten Bissen gegessen habe. »Ich weiß nicht, was ich von diesem Franchise der Horrorfilme halten soll. Ich meine, die *Texas-Chainsaw-Massacre*-Filme sind mittlerweile komplizierter als die ganze *Halloween*-Reihe. Sequels, Prequels und Remakes ohne Ende. Wie viele davon soll es denn noch geben? Versteh mich nicht falsch, die Filme sind ja alle ziemlich gut! Ich meine, erst seit der Regie von David Gordon Green finde ich Michael Myers überhaupt cool. Vorher war das für mich nur so eine Art Mörderpuppe wie Chucky. Erst seit David Gordon Greens Filmen ist Michael Myers für mich ein ernst zu nehmender Serienkiller.« Casey lächelt erheitert. Ich freue mich über ihre uneingeschränkte Aufmerksamkeit. »Und auch der neue *Texas-Chainsaw*-Streifen von Netflix ist ja durchaus gelungen. Auch wenn dieser Leatherface nicht mit dem von Michael Bay mithalten kann, finde ich. Aber darüber lässt sich natürlich streiten.« — »Wie findest du den neuen *Scream*-Film?«, fragt mich Casey gespannt. »Nicht übel. Wirklich sehr ...« Ich überlege kurz und suche nach einem passenden Wort. »... sehenswert.« Casey scheint derselben Meinung zu sein. »Diese Mikey Madison ist echt ein Volltreffer«, füge ich hinzu. »Und was ist mit *The Batman*?« — »Das ist kein Horrorfilm, Casey.« — »Das weiß ich, Rob«, reagiert sie lachend. »Trotzdem interessiert mich, was du davon hältst.« Ich benötige eigentlich keine fünf Sekunden für ein aussagekräftiges Feedback, nehme sie aber trotzdem in Anspruch. »Ein verdammt guter Film. Ich hätte nicht gedacht, dass Robert Pattinson so ein cooler Batman wird! Er kann tatsächlich mit Christian Bale mithalten.«

Wir beide verzichten auf ein Dessert und lassen uns stattdessen mit Mojitos volllaufen. »Was ist eigentlich dein Lieblingshorrorfilm?«, frage ich schließlich. »*House of Wax*. Nein, warte … eigentlich *Evil Dead*. Du weißt schon, mit Jane Levy aus *Don't Breathe*.« — »Ich weiß, Casey, ich kenne den Film. Sehr beeindruckende und respektable Wahl!« Wir lächeln uns beschwipst an. »Was ist?«, will Casey wissen, nachdem ich sie sekundenlang schweigend angegafft habe. »Du hast eine sehr angenehme Stimme!« — »Danke«, entgegnet sie lächelnd. »Hast du eigentlich einen Freund?« — »Nein, Rob, ich habe keinen Freund. Und ich habe zunehmend das Gefühl, dass sich unser unschuldiger Lunch zu einem Date entwickelt.« — »Ist es nicht seltsam? Überall diese ganzen Morde! Da kommt man sich doch fast vor wie in einem Horrorfilm, oder?« — »Jetzt weiß ich, was du hier abziehst!«, lässt sie mich energisch wissen. Und fügt unmittelbar danach lachend hinzu: »Hör auf, mir Ghostface-Fragen zu stellen!« Damit spielt sie auf den ersten Teil von *Scream* an. Spätestens jetzt weiß ich, dass Casey auch den ersten *Scream*-Teil gesehen hat. Was für mich aber irgendwie auch eine Voraussetzung ist, wenn man von sich selbst behauptet, ein Horrorfilm-Fan zu sein. Am Ende quasseln wir noch über das Stanford-Prison-Experiment und wir kommen beide zu dem Schluss, dass wir in so einer Versuchssituation vermutlich auch zu gewalttätigen Psychopathen mutieren würden. Als Casey mir zur Verabschiedung einen Schmatzer auf die Wange drückt, werde ich sofort fickerig.

Im Vergleich zu meinem alten Apartment in New York ist meine Mietwohnung hier in L.A. eher minimalistisch eingerichtet. Sie befindet sich im dritten Stock mit Aufzug, ist integriert in einen Wohnhauskomplex in zentraler Lage und besticht durch einen schönen Fernblick vom Balkon. Alle Räume des offenen Wohnkonzepts sind zentral begehbar und ziemlich groß. Neben dem Eingangsbereich befindet sich das Badezimmer mit freistehender Badewanne, die ein Fassungsvermögen von 350 Litern hat. In einem separaten Raum befinden sich eine zusätzliche Toilette und ein teures Keramik-Waschbecken in modernem Stil. Alle Räume sind mit Eichenparkettfußböden ausgestattet und werden über Fernwärme mittels einer Fußbodenheizung beheizt. Nur im Badezimmer sind Feinsteinzeugfliesen verlegt. Ein Beispiel exklusiver Architektur ist die eingebaute, offene Designerküche, die abgesehen von einer Espressomaschine praktisch unberührt bleibt. Die hochwertigen Elektrogeräte dienen letztlich nur zur Dekoration. Das Schlafzimmer reduziert sich auf ein elegantes Boxspringbett in stilvollem Weiß und einem großen Flachbildschirmfernseher von

Samsung. Im edlen Wohnzimmer findet sich eine weitere Glotze von Sony mit noch höherer Auflösung und einer LED-Hintergrundbeleuchtung. Die gesamte Wohnfläche beträgt etwa 95 Quadratmeter. Sämtliche Einrichtungen wie etwa Esstisch, Sideboard, Sofa, Regale, Bilder und Spiegel sind sorgfältig und geschmackvoll aufeinander abgestimmt. Und auf meinem Tiefgaragenparkplatz steht ein Mercedes-Benz-Cabrio der A-Klasse. Mir fehlt es an nichts!

An diesem Nachmittag ist mir so langweilig, dass ich spontan meinen früheren Marihuana-Dealer Steve anrufe. Ich hatte während meines Studiums immer wieder vage Gerüchte über ihn gehört. Einstige Studienkollegen haben häufiger flüchtig angedeutet, dass Steve schwer kokainabhängig sei und in einer geschlossenen Psychiatrie mit Elektroschocks geistig für immer ausgeknockt werde. Als ich vor zwei Jahren im Radio hörte, dass in Los Angeles unter einer Brücke die Leiche eines jungen Drogensüchtigen gefunden wurde, war ich mir fast sicher, dass es sich dabei um ihn handelt. Da ich es niemals zulassen würde, dass er mein Apartment betritt, nehme ich gern seine Einladung an und besuche ihn in seiner Wohnung. Sie ist, wie sich kurze Zeit später herausstellt, nicht einmal halb so heruntergekommen und ungepflegt, wie ich es mir vorgestellt hatte. Eine modern möblierte Bude, bestehend aus einem Vorraum, Wohn- und Esszimmer sowie Küche. Der gemütliche Balkon bietet sogar einen Blick auf einen schönen Garten. Im Gegensatz zu mir scheint Steve allerdings nichts für Serviceleistungen wie Reinigung zu bezahlen, was ich mir natürlich schon gedacht hatte. Nach ein paar Joints, Kostproben von seinen Marihuana-Sorten, vertreiben wir uns die Zeit mit Videospielen auf seiner Xbox. Im Gegensatz zu Steve lasse ich später die Bong aus und ziehe nicht daran, weil sie mir zu dreckig ist. Weil ich heute Nacht noch ausgehen will, halte ich mich mit meinem Konsum zurück. Wir zocken ausgiebig *Mortal Kombat*, wobei mich der egoistische Penner nicht ein einziges Mal gegen Sub-Zero kämpfen lässt, spielen dann irgendeinen Ego-Shooter, der im Zweiten Weltkrieg angesiedelt ist, und am Ende bin ich so dermaßen zugedröhnt von dem Marihuana und dem Dosenbier, dass ich nur noch bedingt wahrnehme, wie Steve sich in *Wolfenstein 3* reinsteigert. Als ich irgendwann beim Pissen bemerke, dass Steves Badewanne eine gottverdammte Whirlpool-Funktion hat und dass auch seine Dusche meiner um nichts nachsteht, fühle ich mich fast dazu verpflichtet, unsere dauerhafte Redepause mit einem unverbindlichen Gespräch zu füllen. Wobei ich natürlich darauf bedacht bin, die Konversation so beiläufig und mit so wenig Tiefgang wie möglich zu gestalten. »Was machst du so, Mann?« Er schweigt mich zunächst bekifft an, scheint nicht auf Small Talk eingestellt zu sein. Ich starte schließlich einen weiteren Versuch. »Womit verdienst du deine Brötchen?« — »Ich bin Geschäftsmann, Buddy.« — »Cool, Mann.« Mir ist natürlich sofort klar, dass er damit seinen Drogenhandel meint. »Und wie läuft das Geschäft so?« — »Ich komme ziemlich gut über die Runden. Ich mache zwar nicht das ganz große Geld, weißt du … Aber letztlich kann ich stolz behaupten, dass ich mein Hobby zum Beruf gemacht habe. Ich verdiene mit meiner größten Leidenschaft meinen Lebensunterhalt.« — »Das ist toll, Steve! Herzlichen Glückwunsch!«, erwidere ich schlicht. Auch wenn er sich zunächst noch bemüht, es zu umschreiben, lässt er mich schließlich doch wissen, dass er neben dem Gras noch teures Heroin, Kokain und Amphetamine verkauft. Mittel- und langfristig möchte er vor allem Crack unter die Leute bringen. »Ich bin eine der angesagtesten Quellen in L.A.« — »Das ist großartig, Kumpel«, reagiere ich plump, und füge dann etwas unbeholfen hinzu: »Cool, wie du dich entwickelt hast!« Nachdem Steve mir von einem Feuergefecht zwischen Dealern und ihren verwahrlosesten Junkie-Kunden erzählt, wird mir die Stimmung etwas zu düster, und ich beschließe, mich auf den Heimweg zu machen. Steve zeigt sich großzügig und schenkt mir drei Gramm Koks, die ich dankend annehme und einstecke. Als ich wieder zu Hause bin, ist es noch recht früh am Abend, also ziehe ich mir bis zum Anbruch der Dämmerung auf Netflix noch ein paar Folgen der letzten Staffel von *Better Call Saul* und dazu eine Dose Pringles rein.

In dieser Nacht treibe ich mich in einer Cocktailbar herum. Begleitet werde ich dabei von zwei Girls wohlhabender Eltern, die ich von Instagram kenne und von deren gutem Aussehen ich ziemlich angetan bin. Ansonsten sind beide relativ unbedeutend. Ashleigh ist 28, arbeitet in einem Kindergarten und ist nach eigenen Angaben süchtig nach Südfrankreich. Das Interessanteste an ihr sind ihre lesbischen Erfahrungen, von denen sie nach ein paar Drinks auch immer wieder ausgiebig erzählt. Shannon ist wesentlich intelligenter, hat aber traurigerweise nicht im Geringsten mehr vorzuweisen. Sie war kurz auf dem College, hätte beinahe einmal ein Kunststipendium in San Francisco angenommen, war bereits zweimal ernsthaft verliebt und verlobt, hatte angeblich mal eine Abtreibung und ist wohl Kosmetikerin, weil sie auf Social Media ständig Bilder von lackierten Fingernägeln postet. Wenn man bedenkt, dass Shannon erst 24 ist, dann ist in ihrem

Leben eindeutig schon zu viel schiefgegangen. Etwas ironisch gesagt, könnte man mich im Gegensatz zu ihr ja fast schon als karrierefixiert bezeichnen. Es besteht kein Zweifel, dass die beiden sich heute für die schärfsten Frauen in der Bar halten, was teilweise vielleicht sogar berechtigt ist. Sie sind beide sehr schlank, attraktiv gekleidet und haben schöne Gesichter. Meine Rechnung ist ganz einfach: Wenn ich ohne Mucks in Spendierlaune bin, darf ich die beiden heute Nacht vögeln. Was noch lange nicht so selbstverständlich ist, wie es vielleicht klingen mag, denn es wird nicht billig werden, ihren Durst nach frischen, fruchtigen Cocktails zu stillen. Und vor allem wird es verdammt anstrengend und mühsam werden, ihr Gelaber zu ertragen und diese Farce durchzustehen. Sie unterhalten sich über Designer, Modehäuser und Boutiquen in Mailand, fantasieren von Modeschauen mit ihren eigenen Kreationen. Nachdem sie zunehmend in eine Traumwelt geraten, in der sie Realität und Fantasie anscheinend nicht mehr genau unterscheiden können, gehe ich kurzerhand auf die Toilette und ziehe mir ein bisschen Koks rein. Mir ist voll und ganz bewusst, dass ich meine Dosis in der heutigen Nacht höchstwahrscheinlich erhöhen muss, um gegen diesen lächerlichen Affenzirkus resistent zu sein. Als ich wieder zurückkomme, nuckeln sie bereits an einem neuen

Tequila Sunrise und labern über Winterurlaube in den Rocky Mountains und der Schweiz. Ich interessiere mich nicht für Skilaufen, deshalb sind mir Aspen und St. Moritz so was von egal, und selbst als sie von den luxuriösen Partys schwärmen, könnte mir die ganze Szene nicht noch gleichgültiger sein. Es dauert eine gefühlte Ewigkeit, bis der Abend beginnt, sich zu rentieren. Um zwei Uhr morgens sind wir bei mir zu Hause, wobei sich meine Geduld und mein spendables Verhalten dann sehr rasch bezahlt machen. Nach einer kurzen Anmache meinerseits beginnen die beiden, sich heftig zu küssen, und zeigen sich mir gegenüber sehr freizügig. Ich verschwinde kurz ins Bad, um mir eine letzte Line reinzuziehen, und als ich ins Schlafzimmer zurückkomme, ziehe ich mich eilig aus und geselle mich mit einer harten Erektion zu den sexgeilen Mädchen ins Bett, die sich bereits wild befingern und sich gegenseitig die Mösen auslecken. Wie schon zu Collegezeiten ficke ich auf Kokain wie ein Karnickel und bin in der Lage, meinen Orgasmus sehr lange hinauszuzögern. Schließlich überkommt es mich beim Arschficken mit Ashleigh.

Ich wache am späten Vormittag zusammengekauert in der Embryonalhaltung auf und verspüre einen inneren Drang, mich zu übergeben. Ich torkle also ins Bad, doch selbst als ich mein Gesicht über die Kloschüssel halte, kann ich nicht kotzen. Mein Kater äußert sich durch Übelkeit und starke Magenkrämpfe. Ich bin mir ziemlich sicher, dass mein Unwohlsein vor allem die Folge meines übermäßigen Drogenkonsums am gestrigen Tag ist. Die Mädchen sind beide bereits verschwunden, was mich positiv stimmt, weil ich sie somit nicht mehr aus meiner Wohnung vergraulen muss. Ich trinke Wasser wie ein Kamel, um mich von den Kopfschmerzen und Schwindelgefühlen zu befreien und um meinen Körper zu reinigen, doch schlussendlich bewirkt die viele Flüssigkeit nur, dass ich alle paar Minuten pissen muss.

Meine Mutter ruft mich an, und ihr Klingelton, *Nookie* von Limp Bizkit, erinnert mich schlagartig daran, dass ich mit meiner Mutter heute zum Brunch verabredet bin. Ich dusche hastig und schlüpfe dann in halbwegs akzeptable Klamotten. Eine graue Cargohose, ein sauberer Sweater und schwarze Skateschuhe. Mein feuchtes Haar macht einen frisierten und gegelten Eindruck, also verzichte ich auf eine Kappe. Da ich keine Zeit mehr zum Zähneputzen habe, reduziere ich meine Mundhygiene an diesem Morgen auf Listerine und einen stark aromatisierten Kaugummi. Da das Restaurant ganz in der Nähe des Stripclubs ist, in dem ich mir manchmal einen Lapdance verpassen lasse, besteht auch keine Gefahr, dass ich mich irgendwie verfahre. Ich komme zwar etwas verspätet, aber dennoch wie vereinbart zum Brunchen an. Ich begrüße meine Mutter wie immer mit einer lieblosen Umarmung und frage sie dann sofort, ob sie in ihrer Handtasche zufällig Aspirin hat. Meine Mutter ist Psychoanalytikerin. Ich bin mir ziemlich sicher, dass sie trotz meines Masterabschlusses enttäuscht von mir ist und mich als Sohn nicht gelten lässt. Ich glaube nicht, dass es daran liegt, dass ich ohne ihre finanzielle Unterstützung nicht klarkommen würde oder dass ich mich bis jetzt noch nie nach einer Verdienstmöglichkeit umgesehen habe. Ich denke, dass sie mir gegenüber schlichtweg nie mütterliche Liebe zu vergeben hatte. Was ich aber auch nie von ihr beansprucht habe. Das Einzige, was ich jemals von meinen Eltern erwartet habe und verlange, ist, dass sie meine Finanzen regeln. Auch wenn die Bindung schwach und uns der Kontakt zueinander unangenehm ist, unsere kleine Familie ist letztlich, funktional betrachtet, eine gut geölte Maschine.

Ich halte mich vom Büffet fern und nehme lediglich Kaffee, Fruchtsaft und ein Croissant zu mir. Da meine Mutter und ich uns regelmäßig gegenseitig manipulieren, habe ich auch jetzt während des Essens kein schlechtes Gewissen, wieder mal das exklusive Penthouse anzusprechen, auf das ich seit kurzer Zeit ein Auge geworfen habe. Mit riesigem Swimmingpool unter freiem Himmel und Panoramablick über die Stadt. Da meine Eltern zwar sehr reich sind, aber in bescheidenen, eigentlich sogar ärmlichen Verhältnissen aufgewachsen sind, waren sie früher stets darauf bedacht, mich nach ihren Worten materiell nicht zu sehr wie einen Prinzen zu behandeln. Dieser Zug ist aber schon lange abgefahren. Tatsache ist, sie finanzieren mich komplett. Es macht mich sauer, dass meine Mutter mich auch jetzt in Bezug auf das Penthouse hinhält. Schließlich kommt wie immer der Augenblick, an dem meine Mutter die Psychologin raushängen lässt. Da einer ihrer wissenschaftlichen Schwerpunkte die Depressionen sind, befragt sie mich wie üblich beiläufig über meine Gesundheit. Komischerweise hatte ich in meiner depressivsten Phase zwar Vater- und Muttermordgedanken, aber tatsächlich nie über Suizid nachgedacht. Ich bin mir zu hundert Prozent sicher, dass meine Mutter früher postpartale Depressionen hatte und ernsthaft überlegt hat, mir als Kind etwas anzutun.

»Hast du von diesem achtzehnjährigen Jungen gehört, der seine Geschwister und Eltern abgestochen hat?«, frage ich meine Mutter schließlich. »Ja, die Medien waren voll davon«, erwidert meine Mutter emotionslos. Ich: »Die beiden Schwestern haben über fünfzig Stichwunden erlitten. Der Mutter wurde im Schlaf die Kehle aufgeschlitzt. Und der Vater wurde angeblich sogar zerstückelt.« Meine Mutter guckt mich schweigend an. »Und laut Polizei hatte der Typ sogar noch ganz andere Pläne. Angeblich hatte er in seinem Zimmer mehrere Schusswaffen und eine Menge Munition versteckt. Sein eigentliches Ziel soll es gewesen sein, einen Amoklauf durch Kalifornien zu unternehmen und so viele Menschen, alles Zufallsopfer, zu töten wie nur möglich.« — »Ein Menschenhasser. Jemand, der die Gesellschaft als wertlos erachtet«, kommentiert meine Mutter. Ich fahre fort: »Er soll davon fantasiert haben, ein berüchtigter Massenmörder zu werden.« Meine Mutter psychologisiert: »Es ist nicht untypisch, dass diese Personen bei Polizeiverhören oder Interviews einen aufgeschlossenen Eindruck machen. Sie berichten häufig sehr nüchtern über ihre Taten und haben keine Legitimationsbedürfnisse. Sie genießen die Aufmerksamkeit und sind auch gerne Forschungssubjekte.« — »Die Ironie an der ganzen Geschichte ist jedoch …« Ich bemühe mich, nicht zu sehr zu grinsen. »… dass der Typ beim Ermorden seiner Familie deshalb ein Messer benutzt hat, weil er befürchtete, dass Schüsse einen zu großen Lärm verursachen würden. Doch letztlich waren es die hysterischen Schreie der dreizehnjährigen Schwester, die die Nachbarn geweckt haben.« Nach einer Pause verschwindet auch mein belustigter Gesichtsausdruck. »Gar nicht auszumalen, was noch alles hätte passieren können, wenn sich die Polizei nicht rechtzeitig eingeschaltet hätte! Dagegen wäre der Amoklauf an der Columbine vermutlich bloß ein Fliegenschiss gewesen.« Meine Mutter meint: »Es ist bedenklich, wie sehr solche Mörder von vielen Menschen geradezu vergöttert werden und wie groß der Wunsch der Täter ist, mit diesen abscheulichen Taten berühmt zu werden!« — »Ich frage mich, wie solche Psychopathen es schaffen, ihre Pläne vor anderen zu verbergen, bis sie sie ausführen.« — »Weil die meisten von ihnen trotz ihrer fehlenden Empathie die Fähigkeit besitzen, sich gut anzupassen. Sie sind hervorragende Schauspieler, wenn man so will. Viele von ihnen bleiben ihr Leben lang bis zur Tat unauffällig, da sie nie gewalttätig werden und in der Lage sind, sich extrem gut zu beherrschen. Eines meiner Bücher beschäftigt sich mit dem Thema *Psychopathen in der Wirtschaft*. Das sind zwar keine Mörder, aber auch sie können sich lange Zeit hervorragend verstellen.« — »Aber gibt es nicht einfache Tricks, um einen Psychopathen zu outen?«, frage ich. »Das ist nicht so leicht, wie du denkst. Viele von ihnen wissen selbst nicht, dass sie Psychopathen sind.« — »Aha …« Ich zucke die Achseln. »Du hast vorhin einen Moment amüsiert gelächelt, als du über die Morde dieses Jungen sprachst. Findest du es etwa *witzig*?«, möchte meine Mutter wissen. »Nein, natürlich nicht«, reagiere ich sofort. »Dieses Lächeln ist mir wohl versehentlich rausgerutscht. Ich freue mich sicher nicht über solche Taten.« Meine Mutter bohrt nach: »Hast du nicht vielleicht *doch* ein gewisses Vergnügen empfunden, wusstest aber, dass dieses Gefühl in diesem Zusammenhang nicht angebracht ist?« — »Nein, ich finde es wirklich nicht lustig … « Ich weiß ehrlich nicht, was ich sagen soll. Ich fühle mich gerade ziemlich durchgegrillt. »Was ist für dich lustig? Mal angenommen, ich würde dir jetzt spontan ein Video mit einem sprechenden Hummer und ein Video von einer Vergewaltigung zeigen. Würdest du bei beiden Videos dasselbe empfinden, oder gibt es da für dich Unterschiede?« — »Natürlich gibt es da Unterschiede!«, antworte ich sachlich. »Bei dem Vergewaltigungsvideo würde ich mich traurig fühlen.« — »Wie fühlt sich Traurigkeit denn für dich an?« — »Das kann ich nicht genau mit Worten beschreiben … ehrlich gesagt tue ich mich etwas schwer, Trauer zu definieren.« — »Kein Problem!

Du kannst mir auch ein Beispiel nennen!« — »Na ja, wie schon erwähnt, wenn ich mir ein Video über eine Vergewaltigung ansehen müsste …«, erwidere ich etwas unbeholfen. »Ich meine ein *anderes* Beispiel. Sag mir einfach, wann du das letzte Mal traurig gewesen bist!« — »Das ist schon etwas länger her …« Schließlich fällt mir doch ein passendes Beispiel ein: »In New York hat man mir ständig die Taxis weggeschnappt.«

Meine Katerstimmung klingt erst am Nachmittag etwas ab. Ich hatte eigentlich vor, das restliche Wochenende völlig zu entspannen, aber ich lasse mich von Zachary breitschlagen, eine Museumsausstellung zu besuchen. Zachary war auf der NYU gewesen und hatte dort irgendwas mit Buchhaltung und Finanzen studiert. Allerdings brach er das Studium nach ein paar Semestern ab. Ich dachte lange Zeit, er sei Risikokapitalvermittler geworden, doch es stellte sich heraus, dass er Vertreter für Medizinprodukte ist. Die Ausstellung hat das Thema *Bessere Zukunft*. Beleuchtet werden der Klimanotstand und das Artensterben. Da ich allerdings von Beginn an bloß darauf aus bin, Singlefrauen abzuschleppen, bekomme ich davon nicht allzu viel mit. Ich schaffe es tatsächlich, eine gut aussehende Greenpeace-Fotze um den Finger zu wickeln. Doch sie scheint mein

Interesse misszuverstehen, denn sie labert mich über globale Erwärmung, Überfischung, Gentechnik und Atomenergie voll. Als ich ihr vorsichtig über den Arsch streichle, um ihr meine Absichten klarzumachen, ist sie kurz davor, mir eine zu verpassen. Da ich weder Bock auf eine Prügelei noch auf Missbrauchsanschuldigungen habe, suche ich eilig das Weite. Nachdem Zachary und ich uns bei Starbucks von dieser Veranstaltung erholt haben, ziehen wir uns später in seiner Bude einen Joint rein. Sein Gras ist schwach und riecht eigenartig, aber dennoch bekomme ich auf meinem Heimweg plötzlich einen Fressflash wie selten zuvor und halte bei Subway. Dort stille ich meinen Heißhunger mit zwei Sandwiches und Cookies.

Am Abend besuche ich mit meinem schwachsinnigen Cousin Shane eine Disco. Er ist ein paar Jahre älter als ich und vertickt Versicherungen. Er hat mir bis heute nie wirklich verziehen, dass ich nicht auf der Beerdigung seiner Mutter war. Auch dass er ganz genau weiß, dass ich auch nicht zum Begräbnis meiner eigenen Mutter gehen würde, tröstet ihn nicht sonderlich. Der Schuppen ist für einen Samstagabend nicht wirklich voll, die Altersunterschiede der Gäste sind erheblich, ich würde sagen, zwischen siebzehn und fünfzig Jahren ist alles vertreten, das Personal ist nett und der Service gut, aber die Getränke sind so hart gemixt, dass ich nach meinem zweiten Wodka Red Bull schon ziemlich benebelt bin. Mein Cousin sieht nicht sonderlich gut aus und ist mehr oder weniger das Gegenteil eines Muschimagneten, also was Frauen angeht, ein wahrhafter Blindgänger. Aber da dieser heutige gemeinsame Besuch der Disco als eine Art Friedenszeichen zu verstehen ist, möchte ich mal nicht so sein und mache daher keine Anstalten, dass er sich verpissen soll. Aber als er an der Bar doch tatsächlich anfängt, über seine bevorstehende Hochzeit zu faseln, und mich dann allen Ernstes fragt, ob ich sein Trauzeuge werden möchte, brennen bei mir echt die Sicherungen durch und schließlich bin ich es, der dann schleunigst verduftet. Ich suche mir eine andere Bar in dem Beatlokal und kippe dort rasch zwei Tequila Shots runter, um diesen Schock zu verarbeiten. Ziemlich betrunken bemerke ich dann Casey auf der Tanzfläche, wie sie zu Jason Derulos *Savage Love* tanzt. Ich traue meinen berauschten Augen kaum, als ich mit zwei Heineken auf sie zukomme und sie mich freudestrahlend umarmt. Sie scheint weniger abgefüllt zu sein als ich und fordert mich euphorisch auf, gemeinsam mit ihr das Tanzbein zu schwingen, was ich natürlich gern tue. Casey drückt sich ausgelassen und mit großer Hingabe an mich, unsere Körper liegen eng, beinahe wie angegossen, aneinander, und ihr Gesicht schmiegt sich immer wieder an meines an. Als der DJ auf einmal mit dieser Mainstreammusik aufhört und ein paar alte Nummern von R.E.M. spielt, zuerst *Imitation of Life* und dann *Losing my Religion*, da schaffe ich es ernsthaft, auf dem Dancefloor abzurocken. Bei *Leaving New York* kuschelt Casey sich so nahe an mich, dass unsere Lippen sich zum ersten Mal berühren. »Warte mal einen Augenblick!«, rufe ich, nachdem plötzlich wieder Nicki Minaj aufgelegt wird. »Das waren nicht die originalen Songs von R.E.M.! Das ist ein Remix!« — »Na und?«, reagiert Casey lächelnd. Ich: »Das ist nur so eine Art Partymix! Da werden die neuen Nummern mit echten Kulthits vermischt!« — »Wen interessierts?«, schreit sie kichernd zurück. »Ich bin mir einfach nicht sicher ...« Ich sehe Casey hilflos in die Augen, mache auf sie vermutlich einen verstörten Eindruck. »Ich weiß einfach nicht, was ich davon halten soll!« — »Warst du bestürzt, als R.E.M. sich damals aufgelöst hat?«, will sie von mir wissen. »Ich würde mich nicht als Fan bezeichnen! Aber sie waren schon richtig gut, oder?« Casey nickt zustimmend. Ich fahre fort: »Als ich klein war, hat mein Onkel mich einmal auf ein Konzert von R.E.M. mitgenommen!« — »Cool!«, brüllt mich Casey an. Ich deute Richtung DJ-Pult, *Enjoy the Silence* von Depeche Mode dröhnt in voller Lautstärke aus den Boxen. »Jetzt spielt er so eine geile Nummer, und danach kommt vermutlich wieder so eine Italo-Dance-Scheiße! Ich vergesse mich gleich!« — »Du denkst zuviel, Schatz! Lass die Musik einfach fließen!« Ich trinke gierig von meinem Bier. »Warum haben R.E.M. sich getrennt?«, fragt mich Casey. Ich bin mir ziemlich sicher, dass sie die Gründe kennt und nur versucht, mich von meinem Ärger über die Musik abzulenken. »Wegen ihrer Verachtung für die Musikindustrie! Sie haben das Business gehasst! Sie wollten nichts mehr damit zu tun haben! Sie hatten die Schnauze voll!« Casey: »Das sind Menschen mit Idealen, nicht wahr? Das sind die wahrhaftigen Künstler unserer Zeit! Und sie haben ja mit jedem Album die Erwartungen erfüllt, oder? Jede Platte war ein Volltreffer! Wie viele Bands können das von sich behaupten?« Ich erwidere: »Die wollten einfach immer nur ihr Ding durchziehen. Alles außer dem Schreiben, Aufnehmen und Spielen von Songs hat sie nur genervt. Mit Talkshows oder Reality-TV wollten sie nichts zu tun haben. Ist es nicht beängstigend, wie anständig menschliche Wesen eigentlich sein können?« Ehe ich mich versehe, steckt mir Casey ihre Zunge in den Mund und küsst mich für eine gefühlte Ewigkeit. Dann flüstert sie mir ins Ohr: »Ich will, dass du mich fickst!« Sie nimmt mich an der Hand und schleift mich ins Mädchenklo, wo sie mir in einer freien Kabine zügig die Hose runterreißt und anfängt, meinen voll erigierten Schwanz zu lutschen. Nach einer Weile dreht sie sich um und zieht ihre Jeans und ihren String herunter: »Fick mich von hinten!« Ich spüre ihre warme enge Pussy nur für einen kurzen Moment, ehe ich in ihr komme. Als ich noch benommen von meiner Ejakulation die Kabine wieder verlasse, sehe ich, dass jemand auf einen der Spiegel über den Waschbecken mit rotem Lippenstift *Apocalypto* geschmiert hat.

Als ich morgens aufwache, traue ich meinen Augen kaum. Nicht weil Casey splitterfasernackt neben mir liegt, sondern weil ihr Gesicht trotz der Trinkerei vom Vorabend immer noch makellos und wie das eines Topmodels aussieht. Als ich vor dem Einschlafen pissen war, konnte ich ganz genau beobachten, wie sie sich ihre Schminke entfernt hat. Und sie hat ihr Gesicht nicht nur mit Wasser gewaschen, sondern auch mit Wattepads und Abschminktüchern gesäubert. Ich habe Casey gefragt, warum sie zur Reinigung auch noch irgendein Gel oder einen Schaum aufträgt und sie hat mir geantwortet, um Hautunreinheiten vorzubeugen. Dass Casey komplett ungeschminkt ist, bestätigt unter anderem die LED-Beleuchtung im Kopfteil des Bettes, die aus welchem Grund auch immer an ist und ihr Gesicht hell schimmern lässt. Als Casey ihre Augen öffnet, höre ich abrupt auf, sie anzuhimmeln. Ich habe zwei Sorgen, als sie mir einen *Guten Morgen* wünscht. Nämlich, dass ich erstens nicht der Blickfang bin, den Casey gerne hätte, und dass ich zweitens schlimmen Mundgeruch habe. Ich drehe mich zunächst wortlos zur Seite und bemühe mich dann, ganz routinemäßig zu wirken, also gehe ich ruhig und nicht hektisch ins Badezimmer und spüle mir zuallererst meinen Mund mit kaltem Wasser aus. Casey hat eine geöffnete Flasche Listerine neben ihrem Waschbecken stehen, also genehmige ich mir einen Schluck davon und gurgle ihn etwa zwanzig Sekunden lang, ehe ich ihn ausspucke. Und spare mir somit das zeitaufwendigere Zähneputzen mit meinem Zeigefinger. Die Würgegeräusche hätten womöglich dazu geführt, dass Casey gedacht hätte, ich sei am Scheißen. Anschließend frisiere ich mein Haar notdürftig. Mit der Gewissheit eines frischen Atems geselle ich mich wieder zu Casey ins Bett und wünsche ihr nun verspätet ebenfalls einen *Guten Morgen.* »Was denkst du gerade?«, will sie von mir wissen, als mein Blick etwas unbeholfen sekundenlang durch den Raum wandert. »Dass dein Apartment größer und schöner ist als meines«, erwidere ich. Ich sitze steif da, bin verlegen und versuche, trotzdem gewandt aufzutreten. »Eigentlich frage ich mich, warum ich heute Nacht hier geschlafen habe.« — »Weil wir die Disco gestern zusammen verlassen haben und meine Wohnung näher gelegen ist. Und im Taxi habe ich es dir dann angeboten. Also, dass du bei mir übernachten kannst.« — »Okay, dass weiß ich ja noch alles. Ich meinte eher ...« Ich breche kurz ab, weiß nicht, wie ich den Satz fortführen soll. »Ja?« — »Ich glaube ... ich meine vielmehr, warum ich letztlich deine Einladung angenommen habe und nicht nach Hause gefahren bin.« — »Ist das eine rhetorische Frage?« — »Ich weiß nicht, was das genau bedeutet, denke ich. Und ob es *überhaupt* etwas bedeutet. Keine Ahnung.« Ich bin gerade richtig sauer auf mich selbst, weil ich mich so dermaßen umständlich und tölpelhaft verhalte. »Kann es sein, dass du dir wieder unnötig den Kopf zerbrichst, Schatz? Dass du wie gestern auf der Tanzfläche einfach zu viel *nachdenkst*?« — »Du nennst mich schon wieder *Schatz*. Was genau willst du damit zum Ausdruck bringen?«, frage ich. Ich habe tatsächlich keinen Schimmer, wie ich es verstehen soll. »Nennst du jeden so, der dir ein paar Drinks spendiert? Oder steckt da mehr dahinter?« Casey guckt mich schweigend an. Ich registriere ihr Unbehagen, vielleicht ist es aber auch nur Verwirrung. Ich traue mich nicht einmal mehr, Blickkontakt zu halten, habe diese enorme Befürchtung, dass ich ihr entweder gerade sehr zickig oder sehr mimosenhaft erscheine. Ich versuche, die Situation zu entschärfen: »Sorry, vergiss es einfach, okay!« — »Ich mag dich, Rob. Ich habe dich immer schon gemocht. Ich weiß nicht, was ich sonst noch dazu sagen soll.« Ich lasse ihre Worte kurz auf mich wirken. Bin darauf bedacht, möglichst cool zu bleiben und keine peinliche Szene entstehen zu lassen. »Irgendwie komisch, dass du das so sagst. Denn offen gestanden, habe ich erst jetzt das Gefühl, dass du mich wirklich gernhast.« Casey straft mich mit Schweigen. Ich höre keinen Pieps von ihr. Also fahre ich fort: »Ich meine, ich gebe dir vollkommen recht, dass wir uns immer gut verstanden haben. Doch wie nahe sind wir uns denn wirklich je gekommen? Selbst in der Highschool war unser Kontakt doch eigentlich immer nur flüchtig, oder? Und da haben wir uns doch praktisch rund um die Uhr gesehen.« — »Ich weiß nicht, auf was du genau hinauswillst, Rob.« Ich fürchte, dass ich das selbst nicht genau weiß. »Warum hast du dich vorgestern so spontan bei mir gemeldet? Warum wolltest du mit mir essen gehen?«, frage ich. »Weil ich wusste, dass du wieder hier bist, deshalb«, antwortet sie schlicht. »Aber was war während der Semesterferien? Da war ich doch auch immer da!« — »Ich denke, ich wollte dich einfach nicht stören, weißt du. Vermutlich bin ich davon ausgegangen, dass du einfach sehr viel um die Ohren hast. Ich meine, ich hatte auch eine Menge Stress wegen meines Studiums. Ich konnte mich da gut in dich hineinversetzen, würde ich sagen.« — »Das war also der Grund, warum wir uns nie gesehen haben außer auf FaceTime und Skype?« — »Ja, genau!« Mir ist schon klar, dass Casey die Sache schönredet, aber ich habe keine Lust, darauf herumzureiten, sondern nehme es einfach so hin. Für mich liegt es ohnehin klar auf der Hand. Ich bin mir sicher, dass ich es ihr jetzt deshalb wert bin, weil ich, wenn auch mit Ach und Krach, endlich meinen Abschluss in der Tasche habe. Klar sind ihr Verhalten und ihre Denkweise überheblich und snobistisch. Aber dass Casey hochnäsig ist und sich anderen Menschen überlegen fühlt, wusste ich schon immer. Wer von uns läuft nicht blasiert, großspurig und von sich eingenommen durch die Welt! »Okay, cool… Aber darf ich dir diesbezüglich noch eine persönliche Frage stellen?« Ich warte artig, bis Casey nickt. Dass sie dabei lächelt, erleichtert mich. »Aber woher kommt auf einmal dieses sexuelle Interesse an mir?« — »Ich fand dich immer schon extrem gut aussehend. Doch ich hatte sowohl während der Highschool als auch während der Uni immer nur Interesse an Frauen. Du bist die männliche Ausnahme, wenn du so willst!« — »Dann bist du eigentlich lesbisch?« — »Nein, jetzt bin ich bisexuell!« Casey lächelt. »Und was genau verschafft ausgerechnet mir die Ehre, die Ausnahme zu sein?« — »Ich finde deine Erscheinung einfach scharf! Dein hübsches, glatt rasiertes Gesicht. Du hast irgendwie feminine Züge«, erwidert sie lachend und fügt rasch hinzu, dass es allen Ernstes als Kompliment gemeint ist. Letztlich fühle ich mich aus irgendeinem Grund sogar geschmeichelt und bedanke mich dafür. »Sind wir jetzt richtig gute Freunde?«, möchte ich wissen. Auch wenn ich dabei lächeln muss, ist die Frage absolut ernst gemeint. »Ja, das sind wir«, bestätigt sie. »Jabadabado«, entgegne ich. Casey reagiert nicht amüsiert darauf, was mich vermuten lässt, dass sie wohl nicht weiß, dass ich gerade auf Baloo aus *Das Dschungelbuch* angespielt habe. Und wenn ich so darüber nachdenke, bin ich mir gar nicht sicher, ob ich diese Freundschaft überhaupt möchte. Im Moment bereue ich einfach zutiefst, diese albernen Laute ausgestoßen zu haben. Casey: »Darf ich dir auch eine persönliche Frage stellen?« — »Na klar, schieß los!« — »Woher hast du diese perfekte Bräune?« — »Eine Kombination aus Sonnenstudio und natürlicher Sonne.« Bevor Casey nachfragt, ergänze ich: »Vor einem Urlaub bereite ich meine Haut im Sonnenstudio auf die Sonne vor. Gebräunte Haut ist nämlich der beste Lichtschutz und so vermeide ich Sonnenbrände.« — »Aber ist das Sonnen im Solarium nicht schädlich für die Haut?« — »Man hört zwar immer, dass die UV-Strahlung auf der Sonnenbank stärker ist als die des natürlichen Sonnenlichts. Aber nur wenige wissen, dass die maximale UV-Intensität von Solarien gesetzlich beschränkt ist und gar nicht stärker als die der Sonne sein darf.«

Casey und ich verbringen fast den ganzen Sonntag miteinander. Wir vögeln den ganzen Vormittag, und ich habe irgendwie echt das Gefühl, dass sie eine Nymphomanin ist. In den Pausen quatschen wir über dieses und jenes. Sie erzählt mir, dass sie ebenfalls Punkrock cool findet und ich frage sie nach ihren Lieblingsbands. Sie nennt mir Green Day und Simple Plan. Die lasse ich aber nicht wirklich gelten, selbst wenn sie ein paar coole Songs haben. Schließlich finden wir bei NOFX einen Konsens. Da wir nach der durchzechten Nacht keinen allzu großen Hunger haben, reduzieren wir unser Essen auf einen Hot Dog an einem Imbissstand.

Am Nachmittag spielen wir in einem Pub ein paar Partien Billard und gehen danach ins Kino. Wir sehen uns den neuen *Jeepers Creepers* an, futtern dazu Nachos mit Salsa und Käse und trinken Cola. Der Film hat wie erwartet keine plausible Story. Special-

und Splattereffekte verlieren sich in Klischees. Nach hundert misslungenen, absurden und inhaltslosen Minuten fragt Casey irgendwann ironisch: »Was machen wir hier? Ist unser Leben so sinnlos?« Und ich antworte darauf lachend: »Das wäre ein cooler Spruch für ein T-Shirt!«

Montage konnte ich noch nie besonders ausstehen. Selbst jetzt nicht, wo ich noch keinen Job habe. In der Zeitung lese ich heute einen Bericht über sexuellen Missbrauch in der römisch-katholischen Kirche. Journalisten haben anscheinend zahlreiche Päderasten aufgedeckt, die sich an minderjährigen Kindern vergangen haben. Es wird berichtet, dass die Kirche von dem Missbrauch wusste, ihn aber ignorierte und sogar vertuschte. Wenn ich ehrlich bin, sehe ich in dem Beitrag keine neue journalistische Investigation oder Enthüllung, denn es gibt doch schon lange einen diesbezüglichen weltweiten Skandal, und die Missbrauchsopfer sind im Tausenderbereich, also warum noch Mitgefühl haben! Mittlerweile wirkt dieses Thema auf mich beinahe schon künstlich dramatisiert.
Um geistig fit zu bleiben, versuche ich am Vormittag, ein Kreuzworträtsel zu lösen. Doch der Schwierigkeitsgrad ist definitiv zu hoch und ich habe auch nicht das Gefühl, dass mein Allgemeinwissen da-

durch aufgefrischt wird, also lasse ich mein Gehirntraining schnell wieder sein und suche mir eine andere Beschäftigung. Ich sehe mir dann spontan ein paar alte Folgen von *Two and a Half Men* an. Dabei denke ich wie früher schon, wie cool es wäre, selbst in einem Strandhaus in Malibu zu wohnen, das Leben eines Playboys zu führen und kubanische Zigarren zu rauchen. Danach schaffe ich es, mich zu überwinden und online einen Interessentest in Bezug auf meine Berufswahl zu machen. Das hatte ich mir schon seit Tagen vorgenommen, aber immer wieder auf die lange Bank geschoben. Der Test soll mich angeblich bei der Orientierung hinsichtlich meines beruflichen Einstiegs unterstützen. Der Fragebogen erhebt meine Interessen, meine stärksten Kompetenzen, meine Persönlichkeit und meine Erwartungen an den zukünftigen Beruf. Zum Glück sind es fast nur Fragen zum Ankreuzen. Unter Berücksichtigung des Arbeitsmarktes werden mir dann verschiedene Alternativen aufgezeigt. Ich weiß nicht, wie ich das Testergebnis genau interpretieren soll und kann mit den Berufsvorschlägen nicht allzu viel anfangen. Mir wird eine berufliche Selbstständigkeit nahegelegt, doch meine Motivation hält sich stark in Grenzen. Letztlich wird mir meine Entscheidung nicht erleichtert, sondern sogar noch erschwert, und vor allem bin ich mit den

Einstiegsgehältern der vorgeschlagenen Jobs unzufrieden. Ich überlege, mich eventuell telefonisch beraten zu lassen und dann gezielt nachzufragen, wo ich mit meiner Qualifikation die besten Karrierechancen habe. Bis dahin werde ich mich mit Bewerbungen zurückhalten.

Zu Mittag hänge ich mit Mike ab, einem Headhunter, der für eine Arbeitsvermittlungsfirma tätig ist. Wir verabreden uns in der Shoppingmall zum Essen und ziehen uns Bacon Cheeseburger mit Curly Fries rein.

Klingt womöglich komisch, aber so ein gemeinsames Erlebnis kann zwei wildfremde Menschen tatsächlich miteinander verbinden. Ich würde sogar sagen, dass Mike vermutlich einer meiner besten Kameraden ist. Er ist ein lockerer, draufgängerischer Typ ohne Stimmungsschwankungen, der viel Geld in Glücksspiel und Prostituierte investiert. Andere würden über seinen Lebensstil vermutlich den Kopf schütteln und sich fremdschämen. Ich hingegen respektiere diese Tragikomödie und werde davon sogar noch unterhalten. Dazu kommt, dass Mike sich selbst auch nicht allzu ernst nimmt und echt witzig sein kann. Er meinte beispielsweise mal, dass er bald anfangen werde, an seinen Memoiren zu schreiben und dass seine Autobiografie den Titel *Born To Be Hard* haben solle. Und einmal hat er ein T-Shirt mit der Aufschrift *Smegma Boy* getragen. Ich mag diesen Humor. Wir quatschen heute über die epischsten Ridley-Scott-Filme, dann über die Streifen von Quentin Tarantino. »Wusstest du, dass Vic Vega aus *Reservoir Dogs* der Bruder von Vincent Vega aus *Pulp Fiction* ist?«, frage ich Mike, während ich an meinem Milchshake schlürfe. Er gafft mich nur irritiert an. »Michael Madsen alias Mr. Blonde. Der Psychopath, der zu *Stuck in the Middle with You* tanzt und der dem Polizisten mit einem Rasiermesser das

Ohr abschneidet.« Mike scheint ein Licht aufzugehen. »Und John Travolta alias Vincent Vega. Der mit Uma Thurman alias Mia Wallace den Tanzwettbewerb gewinnt. Und der Mia später die Adrenalinspritze ins Herz jagt, während sie beinahe an einer Überdosis krepiert.« — »Bist du dir da sicher, dass es wirklich die Vega-Brüder sind? Womöglich ist es nur ein Zufall«, meint Mike. »In einem Tarantino-Film gibt es keine Zufälle! Denk an *Kill Bill 2*, als Kiddo alias Black Mamba von Budd lebendig begraben wird. Der Grabstein trägt den Namen Paula Schultz. Das ist wiederum eine Anspielung auf Dr. King Schultz aus *Django Unchained*. Und Tarantinos fiktive Zigarettenmarke *Red Apple* taucht fast in sämtlichen seiner Filme auf. All diese Verknüpfungen sind bis ins kleinste Detail geplant.«
Als Mike wieder zur Arbeit muss, bleibe ich noch für eine Weile im Einkaufscenter und kaufe mir ein paar neue Klamotten. Ein Tank Top von Quiksilver mit cooler Grafik auf der Vorder- und Rückseite. Klassische Cargo Shorts von Element. Ein schlichtes Sweatshirt von Independent. Und eine neue Badehose, da ich in diesem Sommer Urlaube auf den Bahamas und auf Hawaii gebucht habe.

Ich bekomme einen Anruf von Justin, was mich verwundert, denn ich habe ihn bei WhatsApp blockiert und bin ihm auf Instagram entfolgt. Er hatte es sich bei mir endgültig verscherzt, als er sich einmal zu oft wegen seiner veganen Ernährung als Foodtrendsetter aufgespielt hat. Sein Kampf gegen die Lebensmittelindustrie, insbesondere gegen die Fast-Food-Ketten, war für mich von Beginn an ein Nervtöter. Irgendwann habe ich dann beschlossen, den Kontakt vollständig abzubrechen. Allerdings scheint Justin davon aus Unachtsamkeit noch nichts mitbekommen zu haben, denn als ich heute, es ist schon der dritte Anrufversuch, widerwillig rangehe, erzählt er mir ausgelassen davon, dass Nikki nun in der Pornobranche ihr Geld verdient. Was mich irgendwie echt schockiert, denn ich war mit Nikki auf der Highschool und weiß daher aus verlässlicher Quelle, dass sie keinesfalls aus einem zerrütteten, vernachlässigendem Umfeld kommt. Ihre Eltern sind Unternehmer, sie selbst war immer angesagt und ist ehemalige Cheerleaderin. Das Traurigste an der ganzen Sache aber ist, dass sie bloß Amateur-Pornodarstellerin ist. Als ich im Internet ihre Videos durchgucke, überlege ich mir, darauf zu wichsen. Irgendetwas hält mich jedoch davon ab, es fühlt sich fast so an, als hätte ich ein schlechtes Gewissen, wenn ich es täte. Vielleicht ist sie mir für eine Masturbation aber auch einfach nicht scharf genug. Nikki tut mir allerdings nicht im Geringsten leid. Sie ist jetzt schon die dritte Person in meinem näheren sozialen Umfeld, die in die Pornografie abgedriftet ist. Marco zum Beispiel ist in seinen Anfangsjahren als Schwulenpornodarsteller. Er arbeitet unter dem Künstlernamen *Marco Diamond Hardwood*. Ich wusste schon immer, dass Marco eine Schwuchtel ist, denn er hing mit siebzehn Jahren schon in Schwulenbars ab und behauptete dort, über einundzwanzig zu sein. Heute weiß ich, dass er dort seine späteren Schauspielerkollegen und Regisseure kennengelernt hat, seine spätere Karriere wurde dort angebahnt.

Als ich später die Fernsehnachrichten anschalte, erfahre ich, dass mein meistgehasster Professor auf dem College, der dafür bekannt war, seine Studenten durch sadistische Strenge und verbale Demütigung zu Höchstleistungen anzutreiben, vor Kurzem wegen der Herstellung von kinderpornografischem Material verhaftet, angeklagt und verurteilt wurde. Auch bei seinen Kinderpornos soll er entwürdigende und menschenverachtende Methoden angewandt haben. Es überraschte mich nicht, zu hören, dass Professor Parker nach der letzten Gerichtsverhandlung und vor Haftantritt

Selbstmord begangen und sich in seiner Badewanne die Pulsadern aufgeschlitzt hat. Wer möchte schon als verurteilter Sexualstraftäter lebenslang im Knast sitzen? Weiter erfahre ich von einem gescheiterten Drogendeal in Texas, bei dem sich mehrere Mexikaner gegenseitig erschossen haben. Und bei ein paar Tacos wurde sogar die kolumbianische Krawatte angewandt: Dabei wird dem Opfer die Kehle in Höhe des Kehlkopfs aufgeschlitzt und die Zunge nach unten gezogen, sodass sie unterhalb des Kinns heraushängt. Außerdem erfahre ich, dass so ein Typ aus Massachusetts versucht haben soll, sich eine Hyäne als Haustier zu halten. Das sind anscheinend nicht nur hässliche, kichernde Aasfresser, sondern auch gefährliche Raubtiere, denn der Halter wurde angegriffen, und die Hyäne zerfleischte ihn mit ihrem scharfen Gebiss. Und ich höre von einer Marktforschung, die angeblich festgestellt hat, dass Machos in Zukunft aussterben werden. Es soll bald endgültig vorbei und in der Gesellschaft nicht mehr erwünscht sein, dass Männer ihre Männlichkeit stets unter Beweis stellen und sich dabei an den traditionellen Bildern der männlichen Geschlechterrolle orientieren. Es wird angedeutet, dass es jetzt angesagt sei, ein Softie zu sein, aber der Mainstream wird wohl bald in der Bisexualität liegen.

Ich persönlich kann mir nicht vorstellen, mit Männern Sex zu haben. Mit transsexuellen Personen allerdings schon.

Ich fange an, am Nachmittag Rum mit Pepsi zu trinken, weil ich keinesfalls nüchtern sein möchte, wenn mein Vater mich besuchen kommt. Wir haben uns relativ lange nicht mehr gesehen und in der Zwischenzeit auch nichts voneinander gehört, und als er in seinem silberfarbenen Maybach bei mir auftaucht, begrüße ich ihn etwas alkoholisiert mit »*Hallo, Dad*« und schüttle ihm die Hand. Er überreicht mir eine Tüte von Burger King, zwei Whopper mit Käse und Pommes, und ich weiß nicht, was das soll und sage aus reiner Höflichkeit »*Vielen Dank dafür.*« Mein Vater ist ein hoch bezahlter Fondsmanager. Ich wünsche mir oft, dass er wegen Veruntreuung oder Anlagebetrug zu einer langen Gefängnisstrafe verurteilt wird. Am liebsten würde ich selbst für eine raffinierte Intrige sorgen. Mein Vater riecht heute nach einer Mischung aus Sonnencreme, Aftershave und einem Burrito mit Guacamole und Sour Creme und er verpestet damit schnell mein Apartment. Sein Haaransatz scheint immer weiter zurückzugehen und sein operiertes Gesicht wirkt zunehmend wie ein Verschnitt aus Sylvester Stallone und Mickey Rourke. Seit er die fünfzig überschritten hat, schwört er auf

Botox und Facelifting. Er kann seine altersbedingten anatomischen Veränderungen im Gesicht nicht akzeptieren, ob es nun die unliebsamen Falten oder die abgesunkenen Gesichtspartien wie seine hängenden Augenbrauen und Wangen sind. Ich bin davon überzeugt, dass mein Vater tatsächlich glaubt, dass er durch diese Behandlungen um viele Jahre jünger wirkt. Und ich bin mir außerdem ziemlich sicher, dass er denkt, sein Erscheinungsbild wirke natürlich. Möchte er den Anschein erwecken, dass seine biologische Uhr rückwärts tickt? Hält er sich für so eine Art Benjamin Button?

»Hast du dir schon Gedanken darüber gemacht, was du in Zukunft tun willst?«, fragt mich mein Vater, während wir auf meinem Balkon sitzen und er eine Zigarette raucht. »Ja, habe ich! Das Coole ist ja, dass mir mit meinem Masterabschluss viele Türen offenstehen. Ich will nur nichts überstürzen, weißt du. Ich denke, es ist enorm wichtig, dass ich sämtliche Möglichkeiten in Betracht ziehe und genau prüfe. Ich möchte alles gut durchdenken, damit ich später ja nichts bereue. Bei einer solchen Lebensentscheidung darf man meiner Meinung nach nicht hastig sein. Ich habe mir überlegt, eine Pro-und-Kontra-Liste für sämtliche Jobs zu machen, die für mich infrage kommen.« — »Das halte ich für eine gute Idee«, lobt mich mein Vater.

»Wichtig ist, dass dir dein Job Freude bereitet, Rob. Denk nicht nur an das Gehalt oder die Reputation der Firma, für die du arbeitest. Entscheidend ist letztlich, dass du dich bei deinem Arbeitgeber wohlfühlst und dass du das, was du machst, gerne machst.« Mein Vater langweilt mich, deshalb muss ich auf einmal schlagartig wieder an diese Horrorkomödie denken, die ich als Jugendlicher so gerne geguckt habe. Der Film handelt von einem Hippie namens Kokosnuss-Pete und spielt auf einer abgelegenen Insel. Dort geschehen Morde, die ein maskierter Serienkiller mit einer Machete begeht. Und man sieht viele Frauen in Bikinis. Der Streifen ist eine witzige Mischung aus Sex- und Gewaltfilm und die Massakerszenen haben es echt in sich. Ich werde mir den Film später nochmals auf Amazon Prime ansehen. »Deine Mutter wurde zur neuen ärztlichen Direktorin einer Nervenklinik in North Hollywood ernannt«, informiert mich mein Vater dann. »Ich weiß. Mom hat es mir bereits erzählt«, entgegne ich. »Wann denn?« — »Ich war diesen Samstag mit ihr brunchen. Hat sie dir nichts davon gesagt?« — »Nein, hat sie nicht«, erwidert er emotionslos. Nach einer ziemlich langen Redepause frage ich dann: »Du und Mom seid aber schon noch zusammen, oder?« — »Ja klar. Warum fragst du?« — »Keine Ahnung. Einfach nur so.«

Der Rest des Gesprächs plätscherte so dahin, und wie immer kamen mein Vater und ich uns nicht wirklich näher. Nach einer Stunde verabschiedete er sich freundlich.

Weil gestern nichts Anständiges mehr im Fernsehen lief, habe ich mir auf YouTube die Highlights der diesjährigen Oscarnacht angesehen. Der Moderator war wieder ein Schwarzer. Die Musikperformance war unterirdisch. Und die Witze der Komödianten waren echt billig, teilweise geschmacklos und richtig anstößig. Ich weiß nicht mehr, welcher Film die meisten Nominierungen bekam und habe sogar vergessen, wer schlussendlich abgeräumt hat. Ich habe eigentlich nur noch die auswendig gelernten Dankesreden im Kopf, und dass ich das Gefühl hatte, dass die Veranstalter das Konzept der Show schon wieder komplett verändert hatten. Joaquin Phoenix hat irgendwie aufgedunsen und fett ausgesehen. Und ich fragte mich, warum Tom Cruise eigentlich nicht da war. Ich glaube, weil er keinen Bock hatte, stundenlang mit Nicht-Scientologen abzuhängen. Mir egal, was andere sagen, aber für seine legendären Auftritte in *A Few Good Men* und *Tropic Thunder* kann er von mir aus gerne eine nicht demokratische verfassungsfeindliche Gesellschaftsordnung und die

Weltherrschaft anstreben. Was die Oscarverleihung betrifft, denke ich, haben die Klatschmedien und Late-Night-Shows eigentlich nur über die glamourösesten, elegantesten und auffälligsten Looks getratscht, aber ich finde, dass selbst die Modedesigner, Stylisten und Make-up-Artists nicht besonders gelungen agiert haben. Danach habe ich mir noch eine Doku angesehen, die sich mit der Frage *Leben wir in einem Schwarzen Loch?* beschäftigte und die Urknalltheorie angezweifelt hat. Die Sendung war mir aber nicht spannend genug, also habe ich es mit einer Dokumentation über das Bermudadreieck versucht, die war mir aber zu wissenschaftlich und theoretisch und überhaupt nicht mysteriös, und schließlich habe ich mir dann *Geheimnisse von Area 51* bis zum Ende angeguckt, denn dieser Film war wie ein Science-Fiction-Horrorfilm angelegt. Man spekulierte unter anderem über Mutanten wie aus *The Hills Have Eyes*. Und es ging um die Internationale Raumstation ISS und um außerirdische Lebensformen. Mit viel Fantasie war das alles richtig furchteinflößend, und man fragte sich ständig *Was wäre wenn?*
Als kleines Dankeschön für das geschenkte Kokain lade ich Steve am nächsten Tag zum Frühstück in ein Restaurant ein. Selbst wenn er es keinesfalls erwartet hat, geschweige denn verlangen würde, ist

es mir doch irgendwie ein Anliegen, mich zu revanchieren, vor allem, weil sein Schnee nicht verschnitten ist und so verdammt gut reinhaut. Da mir an diesem Morgen immer noch der viele Rum fast hochkommt, esse ich bloß einen Bagel, Steve genehmigt sich ein ordentliches Omelette mit allem möglichen Scheiß drin, Paprika, Schinken, Käse (vielleicht Mozzarella), Tomaten, Basilikum und Champignons. Ich trinke meinen Cappuccino wie jeder andere normale Mensch mit Kuhmilch, Steve dagegen lässt sich seinen Latte Macchiato mit Sojamilch aufschäumen. Dass ein Kiffer wie er auf pflanzliche Alternativen umsteigt, leuchtet natürlich ein. Sein Kaffee hat einen erdigen, nussigen Geruch, und als ich ihn frage »Wo hat eine Sojabohne denn eigentlich ihre Titten?« reißt es ihn vor Lachen fast von seinem Stuhl. Steve kleidet sich wie ein typischer Skater. Vielleicht wirkt er durch sein langes, fettiges blondes Haar auf manche sogar wie das Mitglied einer Bikergang, er besitzt allerdings weder für ein Auto noch für ein Motorrad einen Führerschein. »Was machst du denn jetzt eigentlich so, Buddy?«, will er von mir wissen. »Ich bin momentan auf Jobsuche.« — »Und nach was suchst du so?« — »Ich weiß noch nicht genau. Keine Ahnung, wohin es mich verschlägt … vielleicht mache ich ja was ganz Unerwartetes und Kreatives ... Als Waffenhändler das Militär versorgen zum Beispiel.« Wir lachen beide schallend. »Und welches Militär?«, fragt er. »Eigentlich scheißegal, oder? Aber ich würde doch sagen, hauptsächlich unseres.« — »Damit kann man sicher Geld machen«, meint Steve amüsiert. »Und ich würde meine Firma *Dead Meat* taufen. Nein, doch lieber *NBK*.« — »Und für was würde das stehen?«, will er wissen. »*Natural Born Killers*.« Steve fängt dann an, über Tattoos zu reden, und berichtet mir von geplanten Projekten auf seinem Rücken. Er hat aber noch kein genaues Wunschmotiv und selbst bei der Stilrichtung scheint er noch unsicher zu sein. Ich glaube, er erwartet von mir irgendwie eine Beraterfunktion, die ihm die Auswahl erleichtern soll, und ich frage ihn, ob das nicht besser der Tätowierer machen sollte. Steve entgegnet darauf völlig sinnlos: »Über Geschmack lässt sich nicht streiten.« Ich frage ihn: »Wie wäre es mit etwas Ausgefallenem? Du weißt schon, etwas, was nicht jeder dritte Wichser bereits auf der Haut hat.« — »Und zwar?« — »Ich denke da zum Beispiel an die griechische Mythologie. Ein cooles Porträt von Hades, dem Herrscher der Unterwelt vielleicht. Oder den drei stygischen Hexen. Oder irgendein Arschloch, das Medusa ansieht und zu Stein verwandelt wird.« — »Das klingt echt cool«, findet Steve. »Und was ist mit dir? Hast du schon mal über eine Tätowierung nachgedacht?« — »Ja klar«, reagiere ich selbstsicher. »Ich möchte einen fetten Schriftzug auf meiner Brust. Ich bin auch schon relativ entschlossen, welcher es sein wird.« — »Und welcher?« — »*Made in California*.« Aus irgendeinem Grund bringt es Steve dann fertig, über Politik zu faseln. Er erzählt mir von einem immer stärker werdenden Bündnis zwischen Russland und China, und dass wir untätig dabei zusehen würden, wie die beiden größten asiatischen Länder immer bessere Freunde werden. Er spricht von einer historischen Zäsur, die die Welt womöglich bald in einen demokratischen und einen autokratischen Machtblock zerfallen lässt. Durch die Partnerschaft mit Russland würde die Wirtschaftssupermacht China uns sehr bald schon ihre politischen und ökonomischen Prinzipien diktieren. Ich habe nicht die geringste Ahnung, wie glaubhaft Steves Prophezeiungen sind. Ich interessiere mich einfach nicht für diese Dinge. Auch wenn Steve seine Erkenntnisse vermutlich größtenteils aus einer Zeichentrickserie aufgeschnappt hat, in der ein sprechender Schwamm namens SpongeBob seine Abenteuer erlebt, so bin ich dennoch ziemlich erstaunt darüber, dass ein drogendealender Junkie wie er so eloquent sprechen kann. »Ein weißer Amerikaner sitzt zusammen mit einem Russen, einem Chinesen und einem amerikanischen Nigger im Zug. Und während der Fahrt fängt der Chinese irgendwann plötzlich an, Packungen von Reis aus dem Fenster zu werfen. Der Amerikaner, der Russe und der Nigger fragen ihn, was das soll. Sie wollen von dem Chinesen wissen, warum er Reis aus dem Fenster wirft. Der Chinese antwortet ...« Spätestens jetzt, wo ich einen Asiaten imitiere, schnallt Steve, dass ich gerade dabei bin, einen Witz zu erzählen. »... Wil in China haben zu viel Leis! Müssen loswelden vielen Leis!« Steve lacht bereits jetzt erheitert über meine Darbietung. »Kurz darauf beginnt der Russe, unzählige Flaschen Wodka aus dem Zugfenster zu werfen. Und wieder fragen die anderen, was das solle und stellen den Russen zur Rede. Der Russe rechtfertigt sich: Wir in Russland haben Unmengen von Wodka! Wir müssen loswerden den vielen Wodka!« Die anderen lassen das erst einmal sacken, dann starrt der Amerikaner den Nigger für eine gefühlte Ewigkeit einfach wortlos an. Nach einer Weile sagt der Nigger dann panisch zu dem Amerikaner ...« Ich mache eine Kunstpause für die Pointe. »... Yo man! Schmeiß mich jetzt bloß nicht aus dem Fenster!«

Auf meiner Fantaflasche stand heute *Bitte recycle mich!* und ich warf sie später aus Prinzip ins Altpapier. Ich bin mit Casey heute zum Abendessen verabredet und bereite mich gerade darauf vor. Wir haben eine Tischreservierung in einem sehr angesagten Restaurant. Eigentlich wollte Casey mit ihren Eltern hingehen, die mussten aber kurzfristig absagen. Keine Ahnung, was ein angestellter Steuerberater und eine freiberufliche Immobilienmaklerin an einem Dienstagabend sonst noch vorhaben. Ich zupfe mir sorgfältig meine Augenbrauen und rasiere mich gründlich, und dann trage ich eine Gesichtsmaske mit Mandelöl auf. Ich habe zwar keine ölige, unreine Haut, aber ein paar fiese Pickel. Die Maske versorgt meine Haut mit Feuchtigkeit und hinterlässt ein weiches Gefühl. Meine Poren werden von überschüssigen Talgablagerungen, Schmutz sowie Bakterien befreit. Nachdem ich meine Maske fünfzehn Minuten lang habe einwirken lassen und sie zusammen mit den abgestorbenen Hautzellen abgewaschen habe, trage ich noch eine dünne Schicht Feuchtigkeitscreme auf die gereinigte Haut auf. Es ist eine konventionelle Creme und kein zertifiziertes Naturprodukt von irgendeinem Designer. Die Creme versorgt die Haut mit leistungsstarken Enzymen, die eine unebene Struktur und Feuchtigkeit regulieren. Da ich nach meinem Peeling noch gut in der Zeit liege, gucke ich mir auf Netflix *Strange Wilderness* an. Es ist eine ziemlich dämliche und überdrehte Kifferkomödie. Justin Long und Jonah Hill müssen da noch ziemlich unbekannt gewesen sein. In dem Film spielen sie Dokumentarfilmer, deren Plan es ist, den sagenumwobenen Big Foot zu finden und vor die Kamera zu bringen.

Als ich am Abend mit Casey in dem exklusiven Sternerestaurant sitze, kann ich meine Augen kaum von ihr abwenden. Sie hat ein umwerfendes Sommerkleid angezogen, ihre langen schwarzen Haare fallen ihr glatt über die Schultern, und sie trägt Smokey Eyes und hat French Tips. Casey sagt mir, dass der Chefkoch dieses Gourmethotspots aus Paris kommt und dass der Laden seit seinem zweiten Michelin-Stern auch eine Topadresse für viele Prominente ist. Die elegante Einrichtung schafft eine Wohlfühlatmosphäre, die sich durch Innovation und Perfektion auszeichnet. Der Service ist kompetent und für ein solches Restaurant auch nicht allzu arrogant. Die umfangreiche Weinkarte passt hervorragend zu den Acht-Gänge-Menüs für 200 Dollar. Man sieht und schmeckt die Spitzenleistung eines Sternekochs, der von der Suche nach perfekten Geschmackskompositionen und Kreationen mit unterschiedlichsten Aromen förmlich besessen ist. »Wusstest du, dass Trüffel früher von Trüffelschweinen gesucht wurden?«, frage ich Casey, nachdem ich in der Speisekarte etwas über Steinpilze und Trüffelöl lese. »Nein, das wusste ich nicht«, erwidert sie lächelnd. »Heute geschieht das allerdings mit speziell abgerichteten Trüffelhunden. Die sind nämlich leichter zu führen als Schweine, graben anders als Schweine keine halb reifen Trüffel aus und man kann ihnen die Trüffel einfacher wegnehmen. Die Schweine haben beim Ausgraben oft großen Schaden an den Wurzelspitzen angerichtet, weswegen sie zur Trüffelsuche als ungeeignet empfunden wurden. Außerdem fressen die Schweine die Trüffel besonders gerne und sind schwer zu zügeln.« — »Bravo«, reagiert Casey auf mein Fachwissen. »Der springende Punkt dabei ist, und darauf möchte ich hinaus, da nennt man so ein Borstenvieh *Trüffelschwein* und macht es dadurch zu etwas Besonderem. Aber dennoch badet es quiekend und mit Vergnügen in seinen eigenen Fäkalien, nicht wahr? Letztlich bleibt also jede noch so wertvolle Sau bloß ein *Schwein*, oder?« — »Ein interessanter Gedanke«, bemerkt Casey belustigt. »Guck dir mal den Typen an, Dude«, sage ich und schiele zum Nebentisch, wo gerade ein riesengroßer übergewichtiger Mann mit Schnauzbart und Brille von der Tischanweiserin an seinen Platz geführt wird. »Hast du mich gerade wirklich *Dude* genannt?«, fragt Casey grinsend. »Erinnert dich der Kerl nicht an jemanden?«, will ich wissen. Casey riskiert einen Blick nach drüben. »Nope, Homie. Meinst du vielleicht irgendeinen Nerd aus der Highschool?« — »Ich gebe dir noch einen Tipp, okay? Schau dir seine Begleitung an. Diese aufgeschwemmte Erscheinung ist höchstwahrscheinlich seine Mutter, oder? Sieh dir nur mal ihre verquollenen Augen an. Die hat mit Sicherheit ein gewaltiges Alkoholproblem.« Casey ist am Inspizieren, scheint aber nicht zu peilen, auf wen oder was ich hier hinauswill. »Sorry, *Dude*, aber mehr Hinweise kann ich dir echt nicht geben.« — »Hör bitte auf, mich *Dude* zu nennen«, verlangt Casey lächelnd. Trotz ihres Lächelns glaube ich, dass Casey tatsächlich richtig angepisst ist. »Soll ich das Rätsel lösen?« — »Bitte tu das«, antwortet sie. »Ich rede natürlich von Edmund fucking Kemper. Fick die Ziege, wie kann man das nicht gleich schnallen? Der Bastard ist quasi sein Doppelgänger!«, stelle ich selbstsicher fest. »Hast du gerade gesagt, dass ich eine Ziege ficken soll?«, reagiert sie lachend. »Hätte ich von seinen Schwestern erzählen sollen, die sich von ihm sexuell belästigt fühlten? Oder von der Familienkatze, die er lebendig vergrub, um sie dann tot wieder auszugraben und zu enthaupten? Oder von den ermordeten Großeltern? Oder von den zerstückelten Leichen der Anhalterinnen? Oder hätte ich noch preisgeben müssen, dass die gemeinte Person den abgetrennten Kopf seiner eigenen Mutter gebumst hat?« — »Na ja, dann hätte ich höchstwahrscheinlich gewusst, dass du Ed Kemper meinst.« Casey nimmt sich in Schutz und legt vor mir Rechenschaft ab. »Dein Gelaber mit der Mutter war verwirrend, Rob. Ed Kempers Mom wäre mit ihrem Sohn niemals in ein schickes Restaurant gegangen. Sie hat ihren eigenen Sohn als Psychopathen abgestempelt.« — »Ich wollte damit bloß auf die Alkoholsucht anspielen, Casey. Ich dachte, das wäre offensichtlich.« Zum Thema Serienkiller kommt mir schlagartig etwas in den Sinn, und ich äußere es dann in fast ekstatischer Verzückung: »Ich habe da eine Theorie über Hannibal Lecter.« — »Schieß los!« Casey ist gespannt. »Es geht um die Beziehung in *Das Schweigen der Lämmer*. Und damit meine ich nicht die Beziehung zwischen Dr. Lecter und Clarice Starling, sondern die zwischen Hannibal und Buffalo Bill. Was wissen und erfahren wir alles über den Serienmörder, der seine ausschließlich weiblichen Opfer häutet, um sich daraus Frauenkleider zu machen? Er möchte eine Frau sein, nicht wahr? Aber da er psychisch labil ist, hat er keine Chance auf eine operative Geschlechtsumwandlung und wird abgelehnt. Im Film sagt Lecter, ich zitiere: »*Billy wurde nicht als Verbrecher geboren, sondern wurde durch jahrelange systematische Misshandlung dazu gemacht. Er hasst seine eigene Identität und er denkt, dass ihn das zu einem Transsexuellen macht. Aber seine pathologische Veranlagung ist tausendmal grausamer und erschreckender.*« Ich registriere, wie Casey mir neugierig zuhört und lege rauschhaft nach: »Daraus folgt die Frage: Wie wurde er zum Serienmörder Buffalo Bill? Und ich behaupte: Es war Hannibal Lecter, der ihn dazu gemacht hat!« Ich trinke einen Schluck Wein. »Meine Theorie lautet, dass Buffalo Bill ein ehemaliger Patient von Lecter ist. Und ich sage, dass unser Psychiater dem armen Billy in seiner Behandlung absichtlich Schaden zugefügt hat, anstatt ihm zu helfen. Zur Absicherung, falls er selbst eines Tages geschnappt werden würde. Als eine Art Ass im Ärmel oder als Druckmittel. Ich glaube, dass Lecter sehr früh erkannt hat, dass Billy ein Psychopath ist. Und dann stachelte er seine Tendenzen zum Serienmörder weiter an. Wir wissen, wie gefährlich und intelligent Lecter ist und dass er sich in die Gedanken von Tätern hineinversetzen und ihre nächsten Schritte nahezu voraussehen kann. Wie auch schon bei der Zahn-

fee in *Roter Drache*, nicht wahr? Buffalo Bill war für Lecter nichts anderes als eine Absicherung, um Bedingungen in seiner fensterlosen Zelle in der Anstalt stellen zu können. So war er schließlich imstande, alle zu manipulieren und konnte bessere Haftbedingungen und eine Verlegung verlangen. Zugegeben, es besteht natürlich die Möglichkeit, dass die Serienmorde von Buffalo Bill nicht ausschließlich der bösartige und meisterhafte Plan von Lecter gewesen sind. Vielleicht hat er Billy später gar nicht als Wunderwaffe einsetzen wollen, sondern einfach nur zum Spaß mit ihm experimentiert. Ich meine, erinnern wir uns an Mason Verger, der im zweiten Teil, *Hannibal*, auftritt. Er hat Lecters sadistische Eskapaden überlebt. Lecter hat seinen Patienten aus reiner Freude daran unter Drogen gesetzt und ihn dann dazu gebracht, sich die Gesichtshaut abzuschälen und sie an seine Hunde zu verfüttern. Nichtsdestotrotz glaube ich jedoch, dass Lecter den Killer Billy erschaffen hat.«
Casey ist begeistert: »Deine Theorie ergibt richtig Sinn! Eine interessante Anschauung, mein Lieber! Ein bemerkenswerter Denkansatz!« Ich bin mir sicher, dass ich dafür auch jede Anerkennung verdiene. »Was soll ich sagen? Ich habe im Moment viel Zeit für solche Dinge.«

Eine unbekannte Nummer ruft mich in regelmäßigen Abständen an. Ich habe keine Lust ranzugehen und höre auch nicht die Sprachnachrichten meiner Mailbox ab. Dann bekomme ich eine SMS, und in der steht: *Ich habe einen Job für dich. Ich bitte um einen Rückruf für weitere Informationen.* Ich überlege mir, mit *Wer bist du und woher hast du diese Nummer?* zu antworten, lasse es aber nach kurzem Nachdenken. Manchmal kommen mir die Tage ziemlich monoton vor und ich bin dann sehr lethargisch.

Mir ist an solchen Tagen oft so langweilig, dass ich einfach in Erinnerungen schwelge. Ich war mit David und Kenny mal auf einer Wrestlingveranstaltung im Madison Square Garden. Die Hütte war rammelvoll und die Zuschauer flippten so was von aus, dass man das Gefühl hatte, alle Anwesenden wären high. Ich weiß nicht mehr, ob es der Royal Rumble, WrestleMania oder der SummerSlam war, aber es war jedenfalls ein ziemlich großer und traditionsreicher Event. Bei den meisten Matches ging es um irgendeinen Championship-Gürtel. Der amtierende Weltschwergewichts-Champion war ein ehemaliger Kämpfer der UFC, und er war in seiner Erscheinung extrem furchterregend. Ich fand das ganze Theater relativ unterhaltsam und bereute meine Anwesenheit später nur gelegentlich.

In Las Vegas war ich mit Kristy und Alanah mal auf einem Konzert von blink-182. Die beiden sind mit mir da hingegangen, weil ich im Gegenzug mit ihnen in einem Theaterstück am Broadway war. Die Band spielte ihre besten Nummern wie *Feeling This*, *First Date*, *The Rock Show*, *Man Overboard* und *Everytime I Look for You*, und Travis Barker live am Schlagzeug zu sehen, war es echt wert. Ich war mit den beiden Schlampen sogar mal auf der verglasten Aussichtsplattform des One World Trade Centers, und wir haben von dort aus New York bestaunt. Da Kenny mich aber zu oft über die Architektur des Yankee Stadiums und des Empire State Buildings vollgelabert hat, habe ich diese beiden sogenannten Sehenswürdigkeiten eigentlich immer bewusst gemieden. Für Baseball habe ich mich noch nie interessiert, und der Wolkenkratzer ist ja auch von Weitem gut sichtbar.
Einmal habe ich in der Menschenmenge auf dem Times Square einen Hut gefunden und darin waren ungefähr fünfzig Dollar. Und kurz darauf ist mir ein zorniger Typ mit Gitarre nachgelaufen. Und besonders in Erinnerung geblieben ist mir dieses bizarre Déjà-vu-Erlebnis vom letzten Herbst. Ein großes Passagierflugzeug stürzte durch die Häuserschluchten von New York und musste auf dem Hudson River notlanden. Ich weiß nicht, ob es Vo-

gelschlag gab, ob es an technischen Problemen mit den Triebwerken lag oder ob wieder einmal ein Softwarefehler den Absturz herbeigeführt hat. Aber die Ähnlichkeit mit der früheren Landung einer Maschine der US Airways auf dem Hudson River war verblüffend. Der einzig wesentliche Unterschied war bei dem Flug, dass dieses Mal alle Personen an Bord gestorben sind. Und in dem Fall einigte man sich dann tatsächlich auf menschliches Versagen und stellte fest, dass die Flughöhe sowie die Zeit ausreichend gewesen wären, um auf dem Flughafen in Teterboro zu landen.

Und letzten Sommer bin ich mit Mike für zwei Wochen in Thailand gewesen. Wir waren in Phuket, in Pattaya und auch für ein paar Tage in Bangkok. Alles in allem war dieser Urlaub für mich aber relativ enttäuschend. Die Strände waren so dermaßen zugemüllt, dass ich nicht ein einziges Mal ins Wasser ging. Die Bars und Nachtclubs hatten nicht viel zu bieten, außer billig zu sein. Ich fand die thailändischen Frauen nicht besonders hübsch und viele von ihnen wirkten auf mich sehr ungepflegt. Auch wenn sie mir ihre Liebesdienste praktisch auf dem Präsentierteller angeboten haben, war ich, was das Ficken angeht, sehr vorsichtig bei den Huren. Die Angst vor einem Tripper und Schlimmerem war immer und überall gegenwärtig. Vielleicht nennt man Pattaya ja deshalb *Sin City,* weil ständig Leute an Geschlechtskrankheiten abkratzen. Im Gegensatz zu Mike habe ich mich aber auch nie für einen Sextouristen gehalten. Ich meine, es war eigentlich schon als Erotikurlaub geplant. Ich war nicht wegen der Sehenswürdigkeiten oder der thailändischen Kultur da. Aber nicht einmal das Nachtleben in Bangkok hat mich sonderlich umgehauen, und als ich mit dem schönsten thailändischen Mädchen ins Hotel gefahren bin, stellte sich in meinem Zimmer heraus, dass sie eine Transsexuelle ist. Die thailändische Schönheit war ein Ladyboy mit ziemlich großem Schwanz! Und der Service war schlussendlich erstklassig. Sie leckte mir mein Arschloch minutenlang aus, wir lutschten uns gegenseitig die Schwänze, ich fickte sie in den Arsch und wir spritzten uns gegenseitig ins Gesicht. Ich war so überwältigt, dass ich dem Ladyboy letztlich 20 Dollar geschenkt habe, obwohl sie mir sagte, dass sie keine Prostituierte ist. Neben einem sonnenverbrannten Körper hatte ich am Ende meines Trips nur die Erkenntnis, dass ich zum ersten Mal in meinem Leben einen Schwanz im Mund hatte und es ziemlich prickelnd fand.

Und meine Rückblende endet mit gestern Nacht, wo ich mit Casey angetrunken in ihrem Apartment gevögelt habe. Und irgendwann warf sie ein

Lacklaken auf ihr Bett und ehe ich mich versah, hatte sie meine Hand- und Fußgelenke mit einem Bondage-Set ans Bett gefesselt. Meine Beine waren auseinandergespreizt und meine Arme über dem Kopf zusammengebunden. Und auch wenn ich nicht die Sharon-Stone-Nummer mit Eispickel erwartet hatte, so habe ich doch mit vielem gerechnet. Peitsche, Penisschlaufe, Nippelklemmen, Vakuum-Pumpe und so weiter. Und sie fing schnell an, das Laken zu ihrer glitschigen Spielwiese zu machen und pisste mich voll. Und dann zog sie sich einen schwarzen Riemenbikini mit komplett offenem Busen und Schritt an und mein Schwanz wurde sofort steif. Aber nun legte Casey sich einen Umschnalldildo an und ich musste hilflos ertragen, wie sie mich auf grenzwertige Art und Weise ohne Gleitmittel fickte, mit teilweise sehr harten und brutalen Stößen in mein jungfräuliches Arschloch. Ich schrie vor Schmerzen und flehte sie an, damit aufzuhören, aber sie genoss meine Unterwürfigkeit und suhlte sich förmlich in meiner Hilflosigkeit. Sie fragte mich zynisch, ob ich etwa kein Sadomasochist sei und ich erwiderte zornig und um sie zu beleidigen, dass sie wohl künstlich befruchtet wurde und aus einem Reagenzglas stamme. Ich fühlte mich wie der vergewaltigte Typ aus *The Girl with the Dragon*

Tattoo und eigentlich wunderte es mich fast schon, dass Casey das Ganze nicht gefilmt hatte. Als sie mich später losband, fiel ich ziemlich energisch über sie her. Und es hätte gar nicht mal so viel gefehlt, dass ich ihr ordentlich die Fresse poliert hätte. Aber außer einer harmlosen Ohrfeige schlug ich sie nicht, obwohl sie mich weiter wütend machte und mich *Schlappschwanz* nannte. Ich wollte sie auf das vollgepisste Laken drücken und vollscheißen, wusste aber, dass mein ramponierter Darm dazu nicht in der Lage war. Also spuckte ich ihr ins Gesicht und in ihren Mund. Sie kicherte dabei und schluckte es genussvoll runter. Als ich keinen Speichel mehr hatte, fingerte ich ihre triefende Fotze und ihr Arschloch, und dann schob ich ihr meine Hand so tief in ihren Rachen, bis sie würgte und kotzte. Dabei tränten ihre Augen. Am Morgen danach war mein Stuhlgang blutig, und die Ausscheidung war nur durch starkes Pressen möglich. Und während ich qualvoll versuchte, meinen Darm zu entleeren, ging mir eigentlich nur ständig durch den Kopf, dass ich echt unterschätzt hatte, was für eine abgefuckte Bitch Casey eigentlich ist.

In dieser Woche esse ich nochmals richtig schick zu Abend, allerdings mehr oder weniger unfreiwillig mit meinem verhassten älteren Bruder. Er lebt in New Orleans und ist für ein paar Tage hier, um unsere Eltern zu besuchen. Irgendwie hatte ich geglaubt, dass er womöglich nie wieder nach Los Angeles kommen würde. Ich denke, ihm ist es extrem wichtig, so weit wie nur irgendwie möglich von mir entfernt zu sein, was aber auch auf Gegenseitigkeit beruht. Ich bin mir ziemlich sicher, dass er New Orleans insgeheim überhaupt nicht ausstehen kann. Er kann weder mit der dynamischen Musikszene noch dem pulsierenden Nachtleben und der unbändigen Feierlaune etwas anfangen. Außerdem ist die Stadt so jemandem wie ihm bestimmt zu gefährlich. Patrick ist Rechtsanwalt und hat in Harvard studiert. Ich wuchs also mit einem sehr überheblichen und intelligenten Bruder auf, der mir zugegebenermaßen schon immer große innere Probleme bereitet hat. Aber nicht, weil ihm die ganze Anerkennung meiner Eltern zuteilwurde, sondern weil er es immer so dermaßen genoss, dass ich in seinem Schatten stand. Mein Bruder ist erfolgreicher als ich und lässt mich das auch seit jeher spüren. Ich lehne ihn ab und sage es ihm auch mitten ins Gesicht. Letztlich ist uns beiden der Kontakt zueinander unangenehm, wir befeuern bloß gegenseitig unsere geschwisterliche Rivalität. Für Patrick bin ich das schwarze Schaf in unserer elitären Familie. Ein nichtsnutziger Schmarotzer, der faul auf Kosten seiner Eltern lebt. Ein nihilistischer Parasit, der sich im familiären Umfeld durchfrisst. Ich bin in seinen Augen bloß ein verzogener Bengel, der seinem Leben niemals einen Sinn abgewinnen kann. Patrick würde eher nach New Jersey ziehen, anstatt mit mir im selben Bundesstaat zu leben. Wenn Leute mich nach meinem Bruder fragen, sage ich immer wieder dasselbe. Dass er schon seit Jahren an manischen Depressionen leidet und suizidgefährdet ist. Und dass er laktoseintolerant ist und sich dennoch ständig mit Käse vollstopft, weshalb er notorischen Dünnschiss hat. Und dass er Legastheniker ist und nicht einen einzigen Satz fehlerfrei schreiben oder lesen kann. Außerdem, dass er kreisrunden Haarausfall hat und seine Glatze überkämmt. Was meine Person betrifft, bin ich mir ziemlich sicher, dass Patrick vor anderen meine Existenz einfach leugnet. Wir haben uns schon als kleine Kinder ständig gestritten, diese brüderliche Dauerfehde hat eine lange Tradition. Ich hatte früher schon einen sehr unsoliden Lebenswandel, und Patrick war schon als Kind ein riesengroßes Arschloch. Erstaunlicherweise haben wir uns als heranwachsende Teenager hin und wieder versöhnt und sogar gelegentlich so etwas wie positive Gefühle für den anderen ausgedrückt. Zum Beispiel, als wir uns zusammen das erste Mal *Freddy vs. Jason* angesehen haben oder diesen kranken niederländischen Horrorfilm, in dem ein Doktor auf allen vieren kriechenden Menschen an Anus und Mund zusammennäht, um aus ihnen menschliche Tausendfüßler zu machen. Wir waren als Teenies mal gemeinsam auf einem Rockfestival und auf einer Kostümparade und haben uns das erste Mal zusammen auf einer Straßenparty mit Bier volllaufen lassen. Womöglich haben wir uns in dieser Zeit irgendwann einmal sogar in den Arm genommen. Doch Patrick ist spätestens auf der Highschool zu einem völlig spießigen Typen mutiert. Er hat eine, ich nenne es mal Yuppiementalität entwickelt und einfach viel zu früh schon den allwissenden Rechtsanwalt raushängen lassen. Dazu kommt, dass er angefangen hat, in feinen Hemden, Poloshirts, Pullundern, Rollkragenpullovern und Anzügen rumzulaufen statt in normalen Klamotten.

Das Restaurant sowie das Essen am heutigen Abend sind überaus luxuriös. Wir schlemmen schottischen Highland-Lachs mit gegrilltem Sellerie und Gelbflossenmakrele mit Avocados und Pa-

payas, Schweinebauch und Hummer sowie Entenbrust mit Erdnussbutter. Es spielt für mich keine Rolle, wie einzigartig die Küche ist oder wie erlesen die kulinarischen Genüsse auch sein mögen; die Tatsache, dass Patrick den Maître d'hôtel persönlich kennt und uns den Tisch organisiert hat, kann letzten Endes nur bedeuten, dass ich dieses Restaurant bei anderen kritisieren und schlechtreden werde. »Michelle und ich lassen uns vermutlich scheiden«, informiert mich mein Bruder irgendwann. Da er mich während des gesamten Dinners wie einen Hausmeister behandelt hat, reagiere ich nicht nur mit mangelndem Verständnis, sondern ich bin sogar relativ aggressiv. Seiner Auffassung nach natürlich grundlos. »Was kümmert mich das?« Das Arschloch hat mich ja nicht einmal zu seinem Junggesellenabschied eingeladen. Und auf seiner Hochzeitsfeier in der Karibik war ich auch nur eingeladen, weil ich quasi dabei sein *musste*. Schließlich bringe ich dann doch noch ein schwaches »Mein Beileid« heraus. »Ich dachte mir, dass du vielleicht mal Kyle kennenlernen möchtest.« — »Wer soll das denn bitte sein?«, frage ich ahnungslos. »Mein Sohn.« — »Willst du ihm etwa zeigen, was für einen Versager er als Onkel hat?« — »Warum sagst du das, Rob? Warum sollte ich so etwas wollen?«, reagiert er scheinheilig. »Weil ich dich kenne«, antworte ich verbissen. »Wir haben uns so lange nicht gesehen. Und das Einzige, was ich von dir zu hören bekomme, sind Vorwürfe.« Ich murmle noch ein »Leck mich am Arsch« in mich hinein. Ich weiß nicht, warum er sich vor mir verstellt und weshalb er heuchlerisch so tut, als ob er unsere traumatische Vergangenheit aufarbeiten wolle. Ich lasse mir einfach irgendwelche Dinge durch den Kopf gehen, während er diese unaufrichtige Scheiße von sich gibt. Zum Beispiel: Wäre Patrick ein Tier, dann wäre er vermutlich eine Ratte oder eine Hyäne. Schmeichelhaft vielleicht ein Kojote. Ich dagegen wäre höchstwahrscheinlich ein Bär. Ich bin zwar angriffslustig und nachtaktiv, aber irgendwie auch ziemlich knuddelig. Dann stelle ich mir vor, dass mein Bruder durch einen Autounfall oder durch eine Herzkrankheit aus dem Leben scheidet. Weil niemand sonst seinen kleinen Sohn bei sich aufnehmen möchte, werde ich Vormund und treffe alle erforderlichen Entscheidungen für Patricks Brut. Und da ich mein Eigentum nicht immer unbedingt anständig behandle, wird die Zeit bei mir für den Jungen mit Sicherheit kein Honigschlecken. Ich sehe mich in meinem Kopfkino draußen vor einem brennenden Haus stehen, während der Junge eingesperrt in seinem Zimmer verzweifelt um Hilfe schreit. »Wir

sollten vor Mom und Dad wenigstens so tun, als ob wir uns gut verstehen würden, findest du nicht auch?«, fragt Patrick hinterfotzig. »Unsere Eltern können sich nicht einmal selbst leiden. Glaub mir, die können sich mindestens genauso wenig ausstehen wie wir. In Wahrheit sind wir Scheidungskinder und wissen es nur noch nicht.«
Ich schaue spät in der Nacht noch auf einen Sprung bei Casey vorbei. Nachdem mein Bruder endlich verschwunden war, habe ich mich schnell wieder beruhigt. Allerdings bin ich immer noch zornig über Caseys üble Nummer mit dem Umschnalldildo. Ich lasse mir zunächst aber nichts anmerken und teile mit ihr mein restliches Kokain. Wir vögeln auf Koks und es ist diesmal ein vergleichsweise zärtlicher Fick. Nach dem Sex schrillen bei mir die Alarmglocken, weil ich kein kolumbianisches Marschierpulver mehr habe, und ich versuche, mir über WhatsApp bei Steve mit ausgefallenen Metaphern Nachschub zu sichern. Ich schreibe so etwas wie: *Hey Charlie! Schneeflocken sind für mich wie weißes Gold! Hast du übrigens noch Milchpulver für mich?* Er antwortet darauf zunächst mit ein paar Fragezeichen, scheint es dann aber geschnallt zu haben und sendet mir einen Daumen-hoch-Emoji. Dann ist es an der Zeit für meine bittersüße Ra-

che, und ich zahle es Casey wie geplant ordentlich heim. Während sie noch im Bett liegt, ihren Orgasmus ausklingen lässt und langsam vom Koks runterkommt, kacke ich geräuschlos auf ihren schweineteuren Fußboden. Mein Scheißhaufen ist trocken und hart, und nachdem ich mir mit ein paar Taschentüchern den Arsch abgewischt habe, greife ich mir eine Packung Streichhölzer und stecke einige von ihnen in die rundförmige Kacke. Als Casey mein kleines Kunstwerk sieht, verfällt sie kurz in eine Art Schockstarre. Schließlich sagt sie konsterniert: »Was zum Teufel!?« Woraufhin ich schlicht antworte: »Dieser Igel wohnt jetzt hier!« Ich dachte, sie wird stinksauer. Aber stattdessen bricht sie in schallendes Gelächter aus.

Ich besuche mit David und Kenny einen Wasserpark. Es gibt ein paar coole Attraktionen. Zwei ineinander verschlungene Rutschen, ein Schwimmbecken mit Sandstrand, einen Wildwasserfluss, ein Wellenbecken und eine Freifallrutsche. Da ist uns die Warteschlange allerdings zu lang. Dann wird in einem speziellen Becken Surfen angeboten. Und das Ausgefallenste sind wohl die aufblasbaren Plastikbälle, mit denen die Gäste auf dem Wasser laufen können. Es ist heute so dermaßen warm, dass nicht einmal der Pool mit der niedrigsten Temperatur eine richtige Abkühlung verschafft. Ich war unvorsichtig und habe mich zu Beginn gleich ins Heißwasserbecken geschmissen, weil es wie ein Jacuzzi aussieht und viele Massagedüsen hat und weil ich darin entspannen wollte. Aber die Sonne hat das Wasser zusätzlich so extrem aufgeheizt, dass ich das Gefühl hatte, ich werde darin frittiert. Der Bademeister, der dafür sorgen soll, dass niemand ersäuft oder sich bei den Sprungbrettern verletzt, ist ungefähr in meinem Alter. Er wird von den jungen Besuchern gehänselt, weil er einen Badeslip trägt statt einer normalen Badehose, und er verscheucht sie schließlich mit seiner Trillerpfeife. Einer der Gäste planscht so energisch und unbeholfen im Wasser, dass der Bademeister schlagartig einen auf Kamikaze macht und dem Adrenalinjunkie fast auf den Kopf springt. Und dazu fällt mir dann ein passender Witz ein, den ich David und Kenny erzähle. Was ist orange und liegt auf dem Boden eines Swimmingpools? Ein Kleinkind mit aufgeplatzten Schwimmflügeln. Eigentlich war geplant, dass wir größtenteils im Wellnessbereich abhängen, in der Sauna und im Dampfbad entspannen und uns eine ordentliche Massage verpassen lassen, doch die heutige Hitze raubt uns einfach jeglichen Antrieb dafür. So vertreiben wir uns die meiste Zeit an der schattigen Bar und gönnen uns Cocktails. Gelegentlich überlegen wir, uns scharfe Mütter an der Piratenbucht aufzureißen, doch die Kinder sind einfach überall und sie toben und spielen und versauen uns die ganze Masche. Zudem ist das fickbare Material auch nicht allzu qualitativ. Ein aus der Ferne heißer Feger entpuppt sich als Granny mit zu vielen Sommersprossen und einer so pelzigen Fotze, dass die Haare aus ihrem Höschen quellen. Unser Smalltalk reduziert sich wie immer auf sehr belangloses Zeug. Wir reden relativ lange darüber, ob man sich vor und nach dem Joggen wirklich dehnen sollte. Wir einigen uns darauf, dass Stretching nicht nur die Beweglichkeit von Gelenken, Sehnen und Bändern verbessert, sondern auch die Durchblutung und den Stoffwechsel der Muskulatur fördert und schließlich auch die Regeneration beschleunigt. Und irgendwie kommt dann zwischen uns die Frage auf, wie eigentlich Tantra-Sex funktioniert. Und jeder von uns dreien hat da so seine Theorie. David meint, es ginge gar nicht um eine spirituelle, tiefgreifende Verbindung, sondern schlichtweg darum, beim Ficken seinen Orgasmus möglichst lange hinauszuzögern. Sobald man über eine Stunde lang vögelt, spricht man seiner Auffassung nach von Tantra.

Kennys Ansatz ist nicht die Dauer des Vögelns, sondern die Menge des Ejakulats. Sobald man übermäßig viel von seinem Saft abspritzt, ist es seiner Ansicht nach Tantra. Ich denke, dass ich mit meiner Meinung der Sache wohl am nächsten komme. Ich bin mir ziemlich sicher, das Tantra übersetzt so etwas wie Verknüpfung bedeutet und dass es eine sexuelle Praktik bezeichnet, die sich auf die Schaffung einer sehr intimen Verbindung konzentriert. In erster Linie sollen vermutlich männliche und weibliche Energien zusammengebracht werden. Ich gebe David teilweise recht, indem ich sage, dass es sehr wohl um langsamen Sex geht, aber keinesfalls um irgendeine Form von Druck. Und ich widerspreche Kenny, dass nicht die Menge des Spermas, sondern vielmehr multiple Orgasmen im Vordergrund stehen. Ich frage mich selbst, woher ich das eigentlich zu wissen glaube. Ich denke, ich habe entweder mal mit einer Inderin gebumst oder mit einer Schnalle gevögelt, die ein Buch darüber gelesen hat. Ein schwarzer Typ, der fast genauso aussieht wie Snoop Dogg, geht irgendwann an uns vorbei. Er trägt weitgeschnittene Badeshorts mit Blockstreifen in Sprayer-Optik und großem Schriftzug *I Am Not Your Negro*. Es ergeben sich in unserer kleinen Gruppe auf Anhieb zwei Fragen. Was ist der Unterschied zwischen Dreadlocks und Rastalocken? Und welcher Nigger ist ein *Uncle Tom*? Die zweite Frage ist relativ schnell geklärt, da wir alle noch von der Schule wissen, dass Martin Luther King sich auf friedliche Proteste gegen die Rassentrennung beschränkte und deshalb von Malcolm X als solcher bezeichnet wurde. Und was die erste Frage angeht, da einigen wir uns nach einer kurzen Streiterei darauf, dass bei Rastas die Haare lediglich zu dünnen Zöpfen geflochten werden und dass es sich bei Dreadlocks nicht um geflochtenes, sondern um verfilztes Haar handelt. David und Kenny schwärmen mir dann noch von ihrem anstehenden Venedig-Urlaub vor. Von der idealen Lage des Hotels mit einer Terrassenaussicht auf den Canal Grande. Von der eleganten Einrichtung mit antiken Möbeln und typisch venezianischen Stilelementen. Die Bäder sind mit klassischen hochwertigen Fliesen und Marmorverzierungen ausgestattet. Die Gourmetrestaurants servieren italienische Spezialitäten und internationale Küche unter anderem mit exquisiten Fischgerichten. Das Hotel verfügt über einen privaten Zugang zum Wasser, von dem man mit einer Gondel reisen kann. Und der besonders beliebte Markusplatz ist in unmittelbarer Nähe. Und dann verherrlichen die beiden auch noch die italienischen Frauen mit goldfarbener

Haut, dunklen Augen und vollen Lippen, und nachdem sie mir auf ihren Smartphones Bilder von Italienerinnen zeigen und ich mir bewusst werde, wie schön diese Frauen tatsächlich sind, da werde ich verdammt neidisch und wünsche mir, dass ihre Gondel irgendwie starke Schlagseite bekommt und sie im Kanal versinken.

Ich fahre unangemeldet zu Steve, um mir mein Koks abzuholen. Eigentlich wollte er zu mir in mein Apartment kommen, aber das war mir einfach zu riskant. Als ich bei ihm klingele, will er mich zunächst nicht reinlassen, er faselt über die Gegensprechanlage irgendetwas von einem grippalen Infekt, aber meine Gier nach Drogen ist ziemlich groß und ich verhalte mich vermutlich schon wie ein Abhängiger. Ich sage ihm, dass er das bitte sein lassen soll und schlage und hämmere dann ziemlich laut gegen die Tür. Steve gewährt mir schließlich Zutritt, und er macht auf mich tatsächlich einen angeschlagenen und lädierten Eindruck. Die Wohnung ist dämmrig, alle Jalousien sind zu und der Ausblick zur Terrasse ist durch einen Vorhang bedeckt. Ich frage Steve, warum er das Licht nicht einschaltet. Zuerst erwidert er darauf mit angeblichen Augenschmerzen und kommt mir dann mit dem Wunsch nach Stromsparen. Nachdem wir unseren Koksdeal über die Bühne gebracht haben, legt Steve sein merkwürdiges Verhalten endlich ab und lädt mich auf einen Joint ein. Dann zocken wir wie letztes Mal auf seiner Xbox, diesmal Autorennen und Snowboarden, das nervt uns aber schnell und wir legen die Controller weg und schalten die Konsole ab. Und dann chillen wir einfach auf der Couch, rauchen weiter Marihuana, trinken ein paar Dosen Bier und fantasieren davon, wie es wäre, Spieleentwickler oder Spieletester zu sein, während im Fernseher *Jackass Forever* läuft. Wir machen bekifft einen auf Gamedesigner und liefern uns gegenseitig coole Ideen für Spiele. In meiner virtuellen Welt würde es um eine Weltraumexpedition gehen. Und als Crewmitglied würde man auf einer Kolonisationsmission auf einem fremden erdähnlichen Planeten landen. Es stellt sich heraus, dass es dort vor fleischfressenden Aliens nur so wimmelt. Die meisten Besatzungsmitglieder werden schnell massakriert. Und mithilfe eines Androiden muss man sich dann durch eine undurchsichtige Gegend kämpfen und gegen Aliens und andere Weltraummonster bestehen. Wobei gegen die Wesen aus der fremden Welt Schusswaffen weniger ausrichten als Flammenwerfer und Granaten. Ziel des Open-World-Spiels wäre es logischerweise, dass man schnellstens wieder auf sein Raumschiff kommt und von dem tödlichen Planeten verschwindet. Was aber eine schwierige Mission sein würde, da man quasi im Guerillakampf durch ein Labyrinth wandern muss. Doch selbst wenn einem die Flucht auf die Raumfähre gelingt, besteht eine extrem hohe Wahrscheinlichkeit, dass sich auch viele Außerirdische reinschmuggeln und an Bord sind. Letztendlich besteht die einzige Möglichkeit, dem sicheren Tod zu entgehen, darin, das Raumschiff mithilfe einer Rettungskapsel zu verlassen und damit irgendwie zur Erde zurückzunavigieren.

Als ich mich irgendwann spontan auf der Couch weiter nach hinten setze, um meinen Rücken besser anlehnen zu können, stoße ich mit meinem Arsch an etwas Festes an. Da das Sofa genauso wie der restliche Raum nicht ausgeleuchtet ist, habe ich es bis jetzt nicht bemerkt. Aber hinter mir auf der Couch scheint die ganze Zeit über etwas in Leinentücher und Bettlaken eingewickelt gewesen zu sein. Ich habe schlagartig eine sehr böse Ahnung und reiße den länglichen Kokon auf. Ich fahre geschockt von der Couch hoch, als ich ein bewegungsloses junges Mädchen entdecke. »Was zum Teufel …!«, rufe ich entgeistert aus. Ich starre Steve fassungslos an, der gemütlich auf der Couch sitzt und von seinem Dosenbier trinkt. »Mach dir keinen Kopf,

Kumpel. Die Schnalle schläft bloß«, sagt er locker. Doch er kann mich damit nicht einmal ansatzweise beschwichtigen, geschweige denn mich von dieser Lüge überzeugen. »Du hast dieses Mädchen ja geradezu mumifiziert!« Instinktiv will ich ihren Herzschlag messen und meinen Zeige- und Mittelfinger an ihr Handgelenk und ihren Hals legen, doch ich lasse es sein. Es ist sinnlos, einer Leiche den Puls fühlen zu wollen. Und es wäre ein gottverdammter Fehler, das leblose Mädchen zu berühren und womöglich belastende Fingerabdrücke zu hinterlassen. »Die ist einfach high, Mann. Total zugedröhnt vom Stoff«, sagt Steve und will wieder verharmlosen. »Bullshit!«, reagiere ich. Ich stehe aufgelöst und starr da und weiß nicht, was ich tun soll. Die ganze Szene ist für mich so befremdlich, als wäre ich im falschen Film. »Was geht hier vor, Steve? Was läuft hier? Sag mir die Wahrheit!« — »Okay, Mann, ich bin ehrlich zu dir.« Seine fahrigen Bewegungen machen mich noch nervöser, als ich schon bin. »Das Mädchen hatte eine Überdosis.« — »Und?«, hake ich rasch nach. »Sie wollte bei mir Koks kaufen. Ich habe ihr versehentlich aber Heroin gegeben … Sie hat sich gleich hier eine ordentliche Line gebaut und sie geschnupft. Und kurz darauf ist sie kollabiert … Ich habe versucht, sie wiederzubeleben, aber sie hat einfach zu viel davon gesnifft, fürchte ich.« — »Und warum hast du keinen Krankenwagen gerufen?«, werfe ich ihm verärgert vor. »Komm schon, Mann, du weißt wieso. Dann hätte ich mich ja gleich mit angelegten Handschellen beim nächsten Polizeirevier melden können … Sorry, aber mehr als Erste Hilfe zu leisten war einfach nicht drin.« — »Was soll ich denn jetzt machen?« Ich bin durcheinander und habe keinen Plan. Ich stelle meine Frage anders. »Was genau erwartest du jetzt von mir?« — »Mach einfach gar nichts, Rob! Halt die Füße solange still, bis Gras über die Sache gewachsen ist. Du hast nichts gesehen, Kumpel. Du warst überhaupt niemals hier.« — »Okay, alles klar«, willige ich sofort ein. Aus Angst vor einer strafrechtlichen Verwicklung in diesen drogenbedingten Todesfall kommt mir das nur gelegen. »Wir tun einfach so, als ob das niemals passiert wäre.« — »Aber was ist mit der Verwesung der Leiche? Die muss doch entsorgt werden, oder?« — »Darum habe ich mich schon gekümmert. Ich habe ein paar Geschäftspartner angerufen. Ich möchte dir nicht zu viel verraten und du brauchst es auch gar nicht zu wissen. Wir machen das auf Kartell-Art.« — »Ich will es auch gar nicht wissen, Mann.« Ich stelle mir eine zerstückelte Leiche in einem Säurefass vor, das auf eine Weltreise geschickt wird. »Weißt du, wer sie ist?« Steve weicht aus: »In ihrem Ausweis steht, dass sie achtzehn ist.

Könnte aber auch gefälscht sein, oder?« — »Wenn jemand einen gefälschten Ausweis hat, dann ist diese Person darauf mindestens einundzwanzig. Also nein, das Ding ist bestimmt nicht gefälscht.« Ein absurder, ungerechtfertigter Hoffnungsschimmer lässt mich dann doch fragen: »Und sie könnte nicht wie durch ein Wunder wieder aufwachen? Kann es sein, dass durch Heroin das Herz für eine Weile stehen bleibt und dann wieder anfängt zu schlagen? Also nur ein kurzer Herzstillstand?« — »Nein, leider nicht.« Aus irgendeinem Grund kommt dann ein innerer Profiler in mir durch. Mein Instinkt sagt mir, dass mit der Leiche etwas nicht stimmt, und als ich die Mumifizierung des Körpers vorsichtig löse, sticht es mir dann präzise ins Auge. Das tote Mädchen ist splitterfasernackt. »Es dauert eine Weile, bis eine Leiche sich zersetzt.« Das ist das Einzige, was Steve zu mir sagt, als ich ihn wortlos fragend angaffe. Und es soll ganz offensichtlich eine Rechtfertigung dafür sein, dass er sich an dem leblosen Mädchen vergangen hat. »Das nennt man Nekrophilie«, stelle ich fest. »Was meinst du?«, fragt er mich. »Wenn man mit Leichen vögelt.« Ich habe einen schrecklichen Verdacht: »Die Überdosis war gar kein Versehen, oder?« Steve erwidert, dass er nicht wüsste, was ich damit meine. Und ich wiederhole, dass ich es gar nicht wissen möchte. »Ich gebe dir

jetzt einen guten Rat, Mann. Falls irgendetwas bei deinem Plan schiefgeht und die Bullen dich doch erwischen, dann arbeite nochmals gut an deiner Story, okay? Denn auf mich wirkt sie einfach ziemlich brüchig und lückenhaft. Das soll jetzt kein Vorwurf sein, Steve. Wie gesagt, ist wirklich nur ein gut gemeinter Rat von mir.« — »Danke, Rob. Das weiß ich echt zu schätzen.« Kurz bevor ich von hier abhaue, lässt Steve mich nochmals aufmunternd wissen, dass ich mir keine großen Gedanken darüber machen soll. Und sagt dann mit einem Lächeln: »Die Kleine ist schon bei ihrem Schöpfer.«
Mir ist bewusst, dass ich von uns beiden der Einzige bin, den es verstört und der moralische Bedenken hat. Ich frage mich, ob ich mit psychischen und sozialen Folgeproblemen zu kämpfen haben werde und fürchte mich vor einer künftigen Abhängigkeit von Psychopharmaka. Und dennoch scheint mein schlechtes Gewissen von einem Schleier des Kicks umhüllt zu sein! Und mit der Zeit habe ich eigentlich nur noch einen Gedanken im Sinn, nämlich, dass Steve ab sofort ziemlich in meiner Schuld steht. Ich habe jetzt sensibles Wissen, um meinen Dealer beispielsweise wiederholt um Drogen zu erpressen.

Irgendwann im Lauf des Vormittags, während ich auf meinen Laptop gaffe, lese ich im Internet, dass Jesse Suizid begangen hat. Ich war mit Jesse auf der Highschool und ehrlich gesagt war er eine sehr unbedeutende Erscheinung. Ich weiß eigentlich nur noch, dass er ständig online via Facebook massiv gemobbt wurde. Dabei hatte er selbst meines Wissens nicht einmal ein Facebook-Profil. Doch es wurden immer wieder peinliche Bilder von ihm hochgeladen, und auch nach ihrer Löschung tauchten sie kurz darauf wieder auf. Außerdem wurden heimlich Videos von ihm gedreht und anonym bei YouTube hochgeladen. Die bösen Scherze hatten es teilweise echt in sich.

Und ein Instagram-Link lässt mich wissen, dass Samantha offensichtlich ziemlich ausgebrannt ist und sich in einer Rehaklinik befindet. Ich habe mit Sam gemeinsam studiert und mich relativ gut mit ihr verstanden, und wir haben auch ein paar Mal miteinander gevögelt. Ich glaubte immer zu wissen, dass sie mich irgendwie für einen Proleten hielt. Angeblich wurde sie depressiv, weil sie extrem unzufrieden mit ihrem eigenen Aussehen war. Ich fand sie ehrlich gesagt immer ziemlich scharf. Sam soll süchtig danach gewesen sein, geschönte Bilder von sich in den sozialen Medien zu verbreiten. Ihre gefilterten und mit Spezialeffekten bearbeiteten Fotos haben sie wohl psychisch krank gemacht. Sie ist nicht die erste Person, von der ich höre, dass sie unter dieser sogenannten Selfie-Dysmorphie leidet. Dabei quält es den Betroffenen, dass er in der Realität nicht so gut aussieht wie auf den bearbeiteten Bildern. Die Verwendung der vielen Filter hat wohl so viel psychischen Druck aufgebaut, dass Samantha ihr Leben irgendwann nicht mehr auf die Reihe bekam. Sie fand sich einfach zu hässlich für diese Welt.

Heute bin ich mit David und Kenny in einem renommierten Spa und dort lassen wir es uns in der angenehmen Atmosphäre richtig gut gehen. Der Wohlfühltag besteht unter anderem aus Maniküre, Gesichtspeeling und Thermalbad. Irgendwann liegen wir dann tiefenentspannt in unserer Lounge, eingekuschelt in flauschige Bademäntel und gönnen uns Prosecco und Pralinen. In unserer diskreten Abgeschiedenheit philosophieren wir über Folgendes: »Sind Piranhas wirklich menschenfressende Raubfische?« Kenny fragt dabei wohl mich um Rat, denn warum sonst sollte er mich so komisch anglotzen? »Soweit ich weiß, können sie Menschen schon sehr gefährlich werden. Wenn Piranhas unter Stress stehen oder die Männchen ihre Brut bewachen, können sie ziemlich aggressiv um sich beißen. Und wenn sie großen Hunger haben, nagen sie im Schwarm auch mal ein Tier bis auf die Knochen ab«, informiere ich die beiden. »Ich weiß allerdings nicht, ob sie wirklich in der Lage sind, einen Menschen in Sekundenschnelle bis auf das Skelett aufzufressen«, füge ich hinzu. Dann mischt sich David ein: »Ich habe gehört, dass Piranhas eine sehr große Beißkraft haben und messerscharfe Zähne, mit denen sie ziemlich heftig ins Fleisch schneiden. Die Dinger sollen aber eigentlich recht friedlich sein. Vor allem gegenüber uns Menschen, weil wir nicht in ihr Beuteschema gehören. Womöglich kann man sogar gefahrlos in ihren Gewässern baden.« — »Wo leben die denn eigentlich?«, fragt Kenny. »Ausschließlich in den tropischen Flüssen und Seen Südamerikas«, erwidere ich. Kenny schlägt vor: »Lassen wir es doch so stehen: Ein ausgehungerter Schwarm Piranhas auf Beutezug würde einen Menschen höchstwahrscheinlich angreifen. Und wenn sie dann in Scharen von allen Seiten kommen, wird der Blutverlust vermutlich derart hoch sein, dass ein Mensch an den Wunden verbluten würde. Und einigen wir uns darauf, dass sie einen Menschen nicht völlig abnagen, sondern dass sie mit ihren scharfen Zähnen ganze Fleischstücke aus ihren Opfern herausreißen. Einverstanden?« David und ich nicken zustimmend. Irgendwann entsteht eine Redepause und die beiden sind kurz davor wegzupennen. Dann rede ich einfach über das, was ich will und was mir in den Sinn kommt. »Ich finde die Neuverfilmung von *Psycho* besser als das Original von Hitchcock. Ich meine, die Ähnlichkeit ist verblüffend und das Drehbuch wurde ja fast originalgetreu übernommen. Aber dennoch ist Van Sant neue Wege gegangen, wie ich finde. Die neue Version ist psychologisch mindestens genauso plausibel wie Hitchcocks Vorlage. Dazu kommen wichtige Unterschiede wie zum Beispiel, dass Norman Bates in der Neuauflage masturbiert, während er Marion heimlich beobachtet. Bei dem Mord in der Dusche fließt mehr Blut als im Original, und man sieht auch deutlich mehr von dem nackten Opfer. Und na ja, das Remake wurde halt in Farbe gedreht, aber das spielt für mich eigentlich gar keine große Rolle. Vince Vaughn ist für mich ein überragender Ersatz für Anthony Perkins als Norman Bates. Er bringt den verklemmten, mutterfixierten Motelbetreiber mindestens genauso gut rüber. Alles in allem ist die Adaption von *Psycho* für mich eine perfekte Kopie.« Dann bemerke ich, dass die beiden schon längst eingeschlafen sind und dass ich mir meinen Monolog ebenso gut bloß denken hätte können. Ich gehe dann im Kopf einfach meine liebsten Pornowebseiten durch. Auf dem ersten Platz sind bei mir wohl die Seiten von *Naughty America.*

»FRAUEN SIND WIE junge Hunde, man muss sie erziehen.« Dieser Satz schwirrt mir komischerweise schon seit Tagen immer wieder im Kopf herum. Ich habe ihn vor ein paar Jahren einmal in einer Bar aufgeschnappt. Von einem besoffenen Typen in gehobenem Alter, der dort anscheinend Stammgast war und der von allen Jesus genannt wurde. Irgendjemand hat mir auf mein Nachfragen dann gesagt, dass der frauenfeindliche Typ nicht wirklich Jesus heißt, sondern dass er von allen dort so genannt wird, weil er sich in der Kneipe einmal ins Koma gesoffen hat und nach drei Tagen wieder aufgewacht ist. Ich weiß nicht, warum ich an diesen Satz denken muss und vor allem habe ich keine Ahnung, warum er mir in Erinnerung geblieben ist. Ich finde ihn auch heute noch krass sexistisch. Ich behaupte von mir selbst, überhaupt keine misogynen Tendenzen aufzuweisen. Zudem finde ich die Emanzipation der Frauen eigentlich ganz gut. Auch wenn das Gelaber über Chancengleichheit und Gleichberechtigung für mich schon nervtötend sein kann. Dennoch bin ich im Großen und Ganzen für die rechtliche und gesellschaftliche Gleichstellung der Frau mit dem Mann. Und wenn ich an diesen Satz denke, *Frauen sind wie junge Hunde, man muss sie erziehen*, dann fantasiere ich schlagartig über zwei Dinge. Erstens muss ich an die Sexgeschichten denken, die David mir von seinem Vater erzählt hat. Und dass Davids Vater seine heutige Stelle im Verteidigungsministerium unter anderem deswegen hat, weil er in derselben Studentenverbindung war wie unser Finanzminister und weil die gemeinsam getriebene Unzucht die beiden dort wie Pech und Schwefel zusammengeschweißt hat. Und zweitens muss ich an mein bisher einziges Haustier denken, dass ich einmal hatte. Einen jungen Golden Retriever, den meine Eltern in meiner Kindheit einmal gekauft hatten. Und der Hund wurde ernsthaft depressiv, weil niemand sich um ihn gekümmert hat und er einfach so dahinvegetierte. Irgendwann wurde er psychisch so krank, dass er nicht einmal mehr durch Bellen auf sich aufmerksam machte und uns Besitzer genauso ignorierte wie umgekehrt. Schließlich kauerte er nur noch in einer Ecke, fraß kaum noch und war den ganzen Tag damit beschäftigt, traurig zu gucken. Wir waren so lieblos, dass wir ihm nicht einmal einen Namen gegeben haben. Ich nannte ihn allerdings ab und zu Victor. Meine Eltern haben ihn dann irgendwann einfach weggegeben. Ich weiß nicht, ob eine krankhafte Depression bei einem Hund ein Grund ist, ihn einzu-

schläfern, jedenfalls habe ich Victor nie wieder gesehen.
Am nächsten Tag bin ich mit Casey in so einer Schnellrestaurantkette mit Schwerpunkt auf Fisch und Meeresfrüchten und wir futtern dort Shrimps und Krebsbeine. »Denkst du manchmal auch, dass wir als Gesellschaft diese Serienkiller erschaffen? Beziehungsweise dass wir sie inspirieren und fördern? Also dass wir diese Morde irgendwie provozieren?«, frage ich Casey, nachdem sie mir von einem Amoklauf auf einem Countrymusik-Festival erzählt hat, bei dem vor zwei Tagen zehn Menschen getötet und dreimal so viele verletzt wurden. »Wie meinst du das?«, reagiert sie etwas irritiert. »Damit meine ich Folgendes: Was war denn das Motiv von Eric Harris und Dylan Klebold? Oder von Michael und Robert Bever? Das war nicht Rache für Mobbing oder soziale Ausgrenzung, Casey. Die wollten durch ihre Taten berühmt werden! Die haben davon geträumt, berüchtigte Serienkiller zu werden! Das war ihr Motiv!« — »So weit, so gut, Rob. Aber warum trägt die Gesellschaft die Schuld daran, wenn Psychopathen anfangen durchzudrehen?« — »Weil ich der Meinung bin, dass wir diesen Leuten das Gefühl vermitteln, dass sie genau dazu werden sollen! Ich rede hier nicht nur davon, dass wir diesen Serienmördern Spitznamen geben wie The

Charismatic Killer, Vampire of Sacramento oder The Candy Man. Wir verfilmen ihre Geschichten. Hollywood sichert sich für jeden Blutrausch, der groß genug ist, die Filmrechte, richtig? Und damit machen wir doch im Grunde genommen nichts anderes, als dass wir diese Morde verherrlichen, oder? Wie kann und soll man das denn sonst nennen?« — »Okay, das ergibt schon Sinn«, stimmt Casey zu. »Ich zeige hier nicht mit dem Finger auf irgendjemanden. Ich werfe weder den Zeitungen noch den Filmstudios vor, dass sie per se eine direkte Schuld an diesen Taten haben. Aber ich glaube schon, dass wir womöglich eine sehr gefährliche Botschaft an andere Möchtegernkiller senden, verstehst du? Nämlich, dass sie auf alle Fälle durch ihre Taten berühmt werden. Letztlich bieten wir ihnen genau die Plattform, die sie haben möchten. Und da sollte vielleicht echt mal ein Umdenken stattfinden.« Irgendwann später läuft eine ziemlich übergewichtige Frau an uns vorbei und ich sage scherzhaft zu Casey: »Die hat einen Arsch wie zwei Donuts für 1000 Dollar.« Casey glotzt mich nur verdutzt an. »War das jetzt eine Anspielung darauf, dass fette Menschen gerne zu Dunkin' Donuts gehen?« — »Nein, das war nur so ein Spruch. Ich habe nur versucht, witzig zu sein, okay«, rechtfertige ich mich. »Man sagt das so, Casey. Ist allgemein üblich.« —

»Okay, wenn du meinst. Ich habe es allerdings noch nie gehört«, stellt sie lächelnd fest. Casey wechselt das Thema und fragt mich, ob ich mit ihr dieses Jahr oder spätestens nächsten Sommer einen gemeinsamen Urlaub mache. Sie erzählt mir vom idyllischen Bali. Von einer Villa mit Pool, von traumhaften Wandergebieten, von einer Tempelanlage mit Affen, von Dschungelseilrutschen, von einer berühmten Höhle mit alten Steingravuren und von einem Kunstmuseum mit balinesischen und indonesischen Kunstwerken. Das alles hat sie im Internet gesehen. Begeistert erwidere ich, dass ich mit ihr sehr gern dorthin möchte. Casey: »Ich habe neulich gehört, dass in den Tiefen des Marianengrabens ein Megalodon geschwommen ist. Das wurde von einem U-Boot bestätigt. Es soll wirklich ein kolossaler Riesenhai sein.« Ich weiß nicht, ob Casey mich damit verarschen möchte oder ob sie gerade einen Idiotentest mit mir abzieht. Vermutlich von beidem etwas. Jedenfalls bringt sie es tatsächlich fertig, dabei ernst zu bleiben. »Ich weiß übrigens, dass der Megalodon seit Millionen von Jahren ausgestorben ist, Casey.« Wir brechen beide in Gelächter aus. »Sehe ich etwa aus wie Doofi? Scheiße, für wie blöd hältst du mich eigentlich?«, frage ich sie belustigt. Später machen wir an einer Eisdiele halt und die haben dort wirklich ausgefallene Geschmacksrichtungen. Während ich mit Vanille und Schokolade auf Nummer sicher gehe, nimmt Casey ein Lakritzeis. Ich muss einfach probieren und schlecke kurz an dem holzkohlefarbenen Eis. Es schmeckt richtig salzig, und ich finde den Lakritzgeschmack viel zu stark. Ich frage mich echt, wie Casey das runterbekommt.

Hin und wieder bin ich gerne Filmkritiker und analysiere vor allem die Streifen, die mir nicht sonderlich gut gefallen. Ich tue das nur im Stillen für mich selbst, nichts wird veröffentlicht. Unabhängig davon, ob ein Film gut oder schlecht ist, bin ich mir bewusst, wie viel Arbeit, Zeit und Fleiß dahinterstecken, deshalb vermeide ich es stets, Filmemacher und deren Werke allzu streng zu sehen, und versuche mich in konstruktiver Kritik. An Begriffe wie *Meisterwerk* oder *Müll* denke ich nur selten. Und ich halte nichts von Rankings.
Ich habe im Großen und Ganzen ein Problem mit den meisten Filmen von Christopher Nolan. Mir ist klar, dass viele das als Majestätsbeleidigung werten, aber Christopher Nolan ist für mich, mit Verlaub, ein teilweise überbewerteter Regisseur und Drehbuchautor. Ich streite aber nicht ab, dass er einer der professionellsten und handwerklich zuverlässigsten Autorenfilmer ist. Und dass er es schafft, nicht nur

den Rahmen der Realität, sondern gleichzeitig die Grenzen der Vorstellungskraft zu sprengen. Doch kaum einer seiner Filme funktioniert für mich von der ersten bis zur letzten Minute. Selbst seine epischen Batman-Filme weisen Schwächen auf. Aber es steht meiner Meinung nach weder mir noch jemand anderem zu, *Batman Begins*, *The Dark Knight* oder *The Dark Knight Rises* ernsthaft und komplett zu verreißen. Dafür sind die Filme dann doch zu gut. Eine Notiz von mir am Rand: Ich fand Tom Hardy als Bane in *The Dark Knight Rises* weit überzeugender als Heath Ledgers Joker. Insgesamt fand ich Christopher Nolans Neuinterpretationen von Bruce Wayne als ausgebildetem Ninja sehr gelungen. Es war absolut richtig, den Batman-Mythos auf realistischere Weise neu zu erzählen und sich inhaltlich an keiner der vorherigen Verfilmungen zu orientieren.

Ein weiteres Beispiel für Nolans handwerkliche Qualitäten und innovative Arbeit ist für mich sein Film *The Prestige*, dem ich sogar das Prädikat *besonders wertvoll* geben würde. Ein mehr als gelungenes Filmspektakel, das sich zwischen mitreißenden Szenen und emotionalem Drama bewegt. Ich finde es sehr löblich, dass Christopher Nolan bei seinen Filmen weitgehend auf computergenerierte visuelle Effekte verzichtet. Er bevorzugt die Arbeit mit echten Dekorationen und das sollte man meiner Meinung nach zu schätzen wissen. Er ließ beispielsweise für *Inception* einen 30 Meter langen Korridor bauen, der durch zwei Motoren rotieren konnte. Dadurch war es dem Regisseur möglich, Veränderungen der Schwerkraft im Film darzustellen. Noch ein Beispiel für seine Präferenz von authentischem Szenenaufbau lässt sich in der Produktion von *The Dark Knight* finden. Um die Explosion eines Krankenhauses im Film darzustellen, wurde eine stillgelegte Süßigkeitenfabrik gesprengt. Ich finde es nicht schlimm, dass Nolans Filme generell kaum Gesellschaftskritik oder Provokationen enthalten. Und dass keiner seiner Streifen zu einem klassischen Happy End führt, ist ja eigentlich auch nichts Negatives. Um ehrlich zu sein, wars das dann aber auch mit meiner positiven Kritik und mit freundlichen Gedanken zu seinen Filmen.

Ich habe es besonders auf *Inception* und *Interstellar* abgesehen. Diese beiden Blockbuster sind schlichtweg zu ambitioniert, sodass sich die Geschichten in zu vielen Details verlieren. Ich schließe mich gar nicht mal anderen Kritikern an, indem ich Nolan vorwerfe, dass seine Werke zu kühl inszeniert wären. Ich störe mich vor allem an der Intellektualität seiner Filme. Er ist so dermaßen darauf bedacht, die Konzentration der Zuschauer zu fordern. Ich persönlich empfinde das bloß als nervig und er erreicht bei mir damit das Gegenteil von seinem Ziel, nämlich, dass ich intellektuell nicht stimuliert werde, weil ich einfach abschalte, wenn es mir zu kompliziert wird. Nolan zieht seine Geschichten wie ein Kartenspieler auf, der immer noch eine Karte in der Hinterhand hat, aber es ist nie ein Trumpf dabei. Sein selbst ernanntes Ass im Ärmel sind vermutlich die vielen unerwarteten Wendungen in der Geschichte sowie die verschachtelten, nicht linear verlaufenden Handlungen. Typische Beispiele sind dafür die Verschachtelungen bei *Inception* auf den unterschiedlichen Traumebenen oder bei *Interstellar* in den verschiedenen Dimensionen. Der Vorwurf, dass Nolan in seinen Filmen zu viel erklärt, ist gerechtfertigt.

Die Figuren erzählen zu viel und zeigen dabei zu wenig. Allerdings finde ich genau das bei *Inception* nicht weiter schlimm, da der Film für mich so kompliziert ist, dass ich es nur hilfreich finde, wenn mir jemand erklärt, was hier abgeht. In dem Film spielt Leonardo DiCaprio einen Dieb, der Menschen in ihren Träumen Geheimnisse stiehlt. Schließlich möchte er sich ein letztes Mal in das Unterbewusstsein einer Zielperson einschleusen, um zurück in die Vereinigten Staaten zu seinen Kindern zu dürfen. Ich glaube jedenfalls, dass es in dem Film darum geht. Das offene Ende, bei dem man sich verwirrt fragt, was nun Traum und was Realität ist, bestätigt mir doch nur, dass Nolan wahrscheinlich gar nicht möchte, dass der Film richtig verstanden wird. Die Handlung ist unnötig komplex. Nolan hatte das Problem, dass die vielen Traumschichten, die in unterschiedlichen Umgebungen spielen, vom Zuschauer leicht verwechselt werden können. Deshalb entschied er sich, die Welten möglichst unterschiedlich zu gestalten. Gebracht hat es meiner Ansicht nach dennoch nichts. Genauso wertlos wie die Slow-Motion-Szenen, die die zeitlichen Unterschiede der diversen Traumebenen verdeutlichen sollen. Für mich ist das ein Verschlimmbessern, durch gut gemeinte Aktionen macht Nolan alles nur noch schlimmer. Allein die störende Unkenntnis über die Frage, ob der Protagonist träumt oder sich in der Realität befindet. Der Zuschauer kann nur erahnen, wie nah Leonardo DiCaprio der Realität ist. Zudem ist nie sicher, ob es womöglich noch eine andere Ebene gibt, die der Realität näher ist. Das nenne ich mal Hirnficks vom Feinsten und das ist nicht als Kompliment gemeint. Ich hatte sowieso das Gefühl, dass dieser ganze Blödsinn nicht eine Frage der Wahrnehmung ist, sondern vielmehr eine Frage, woran geglaubt wird. Nach diesem Film kann man sich meiner Meinung nach nur verarscht

fühlen. Ein einziges hirnfickendes Paradoxon. Höchstens irgendeinem Mathematikgenie oder Physiknobelpreisträger bietet dieser Streifen eine intellektuelle Ebene. Für mich ist er ein verwirrendes Labyrinth, das sich nicht selbst erklären kann. Selbst wenn ich es wollte, könnte ich diesen Film nicht spoilern. Wie kann man solche undurchschaubaren Doppelbödigkeiten als hochintelligent werten?
Und was *Interstellar* angeht. Die Menschheit steht vor dem Untergang und ein paar Astronauten machen sich auf die Suche nach einem anderen bewohnbaren Planeten. Ich kann und will mich nicht zu den Theorien und physikalischen Grundannahmen des Films bezüglich des Reisens zu anderen Galaxien äußern. Letztlich überschreitet die Tragweite des Films meine intellektuelle Fassungskraft. Ich war vorher kein Fan von Matthew McConaughey und bin es auch jetzt nicht. Auch dieser Film von Nolan hat heftige Logiklöcher. Ich sage das, obwohl ich echt kein Typ bin, der gierig nach Filmfehlern sucht. Und das Ende lässt höflich formuliert zu wünschen übrig. Geht es nicht noch kitschiger?
Ich kann auch Christopher Nolans historischem Kriegsepos *Dunkirk* nichts abgewinnen. Es handelt von der Evakuierung der in Dünkirchen eingekes-

selten britischen Armee während des Zweiten Weltkriegs. Damit enden dann aber auch schon die historischen Korrektheiten, denn der Film hat zahlreiche dramaturgische Fehler. Es finden Verwirrungen der Chronologie statt, die Nolan leicht hätte vermeiden können. Die auch hier auftretende verschachtelte Erzählweise soll vermutlich so etwas wie Nolans Markenzeichen sein. Die jugendfreundliche Einstufung hatte bei mir schon im Vorhinein die Befürchtung ausgelöst, dass es sich dabei nicht um einen normalen klassischen Kriegsfilm handelt. Das eigentliche Problem für mich ist schlussendlich aber, dass es *überhaupt kein* Kriegsfilm ist. Denn der Schrecken des Kriegs ist nicht nachempfindbar, der Streifen beschäftigt sich nicht mit den blutigen Aspekten eines Gefechts, der Feind wird nicht einmal benannt geschweige denn gesehen. Ich gebe zu, dass trotz des weitgehenden Verzichts auf blutige Bilder eine gewisse bedrohliche Atmosphäre geschafft wird, aber das reicht mir nicht. Ich finde diesen Film einfach nur langweilig. Von Nolans elftem Spielfilm *Tenet* habe ich mir vor Kurzem mal den Trailer angesehen. Es ist wohl eine Mischung aus Science-Fiction-Film mit Action- und Spionageanteilen. Irgendetwas sagt mir, dass Nolan auch hier eine so komplexe Handlung angelegt hat, dass ich mich schwertun würde, den Film zu verstehen.

Ich gucke den Film also nicht, ich habe einfach die Schnauze voll von Nolans Filmen, weil ich nicht schnalle, worum es darin eigentlich geht.

ALANAH UND KRISTY rufen mich heute Vormittag unabhängig voneinander an und informieren mich betroffen darüber, dass mein ehemaliger Literaturprofessor vom College, Mr. Murphy vorgestern gestorben ist. Ich wusste, dass er schon seit einiger Zeit unheilbar krank war und Bauchspeicheldrüsenkrebs hatte. Das Erste, was mir durch den Kopf schoss, als Alanah und Kristy mir von seinem Tod erzählten, war, dass sein Autounfall beabsichtigt gewesen sein könnte und er Selbstmord begangen hat. Die Nachricht ist für mich bitter, und sie trifft mich auf eine unbestimmte Art und Weise, obwohl mir immer klar war, dass Mr. Murphy und ich uns niemals wieder begegnen würden. Während meines Studiums gab ich ihm mal ein von mir verfasstes Romanmanuskript mit zweihundert Seiten als Arbeit für seinen Kurs ab. Es spielte im von Deutschland besetzten Polen während des Zweiten Weltkriegs. Es ging um eine große polnische Judenfamilie, die der Verfolgung durch die Nazis zu entfliehen versucht und zunächst in den Wäldern Unterschlupf findet. Eines frühen Morgens finden deutsche Soldaten das Versteck der Familie und richten ein Massaker an. Nur einem jungen Mann gelingt mit Glück die Flucht, und er kann sich in den tieferen Wäldern in Sicherheit bringen. Doch dies währt nicht lange, denn er wird schon sehr bald von acht schwer bewaffneten Nazis verfolgt. Es beginnt ein tödliches Katz- und Maus-Spiel. Die meisten der Verfolger fallen entweder Tieren zum Opfer, oder es gelingt dem smarten Flüchtling, sie in der ihm vertrauten Umgebung auszuschalten. Das Highlight ist wohl der Angriff eines Grizzlybären auf die Soldaten. Schließlich versucht der Junge einen Neuanfang im Wald. Ich fand diese Geschichte ehrlich gesagt lachhaft und konnte mein eigenes Manuskript nicht ernst nehmen. Ich hatte es in etwa zwei Wochen auf einem permanenten Speed-Trip runtergefetzt und wollte es danach eigentlich verbrennen, weil es meiner Meinung nach keinem anderen Menschen zuzumuten war. Doch mein Professor Mr. Murphy war von meiner Arbeit so dermaßen beeindruckt, dass er mich drängte, den Roman zu veröffentlichen. Er glaubte wohl tatsächlich, ich hätte das Potenzial zu einem erfolgreichen Schriftsteller. Doch allein der Gedanke daran hat mich schon zu sehr unter Druck gesetzt, und ich unternahm gar nichts weiter. Wie dem auch sei, es tut mir jedenfalls leid, dass Mr. Murphy nun nicht mehr lebt.

Ich bin mit David und Kenny heute Mittag zum Lunch verabredet, und danach zeigt uns David wie vereinbart diesen privaten Massagesalon, von dem er kürzlich gehört hat. Das Studio ist sehr diskret gehalten, es gibt nicht einmal eine Hausnummer. Die Parkplätze sind auf der Rückseite des Gebäudes und von der Straße aus nicht einsehbar. Ich frage David etwas irritiert, warum man nur über einen Hintereingang in diesen angeblichen *Tempel der Lust* kommen kann. Und David antwortet mir, dass das Publikum hier keinen Wert darauf lege, gesehen und erkannt zu werden. Ich hatte mir eigentlich bloß eine Thaimassage mit Happy End vorgestellt, aber als David mir sagte, dass dieses Haus eine geheime Location für Insider sei, war ich gespannt. Vielleicht so eine Art Massage-Escort-Prostitutions-Agentur, verpackt in einen Swingerklub? Das Rotlicht im Eingangsbereich erzeugt schon mal ein erotisches Flair. Zudem laufen auf mehreren Monitoren ununterbrochen Pornofilm-Sequenzen. Auf zwei Etagen findet man dann je zehn Apartments mit Namensschildern. Außerdem gibt es ein SM-Studio, einen Raum mit einem gynäkologischen Stuhl und ein kleines Zimmer mit Glory Hole. Über dem Schwanzloch in der Wand hat jemand mit Filzstift *Pforte zum Erwachsenwerden* geschrieben und daneben steht *Schrei denn ich werde dich ficken.* Ich weiß nicht genau, wie ich mich verhalten soll, bis David mir sagt, dass die Räume mit geöffneten Türen die unbesetzten sind. Ich trete in einen davon etwas unbeholfen ein und sehe ein Zimmer mit einer Dusche, einem Waschbecken und einem Spiegel. Auf einem Stapel liegen viele Handtücher. Außerdem liegen in einer ovalen Schale verschiedenfarbige Kondome. Weiterhin sehe ich einen Gleitmittelspender. In der Mitte des Raums steht eine hochwertige weich gepolsterte Massageliege. Obwohl noch keine Masseuse im Zimmer ist, lege ich mich schon mal mit freiem Oberkörper auf die Liege. Der anschmiegsame Vinylbezug passt sich meinem Körper perfekt an und sorgt für einen optimalen Liegekomfort. Ich liege mit dem Gesicht nach unten auf der Liege und habe meine Arme auf den seitlichen Ablagen. Dann höre ich, wie die Tür geschlossen wird und ehe ich mich versehe, wird mir mein Rücken zärtlich massiert. Es gelingt mir aber nicht, mich wirklich zu entspannen und als meine Masseurin betont ihren Oberkörper einsetzt, verstehe ich es zwar als sexuelle Aufforderung, doch die erotische Massage ist für mich nicht anregend, weil ich keine Titten spüre. Und als mir dann eine kindliche Stimme anbietet, dass ich in einem anderen Zimmer ein Aromabad haben und dort die Gesellschaft von zwei Körpern und vier Hände haben könnte, wird mir das alles zu unheimlich. Ich drehe mich um und stehe auf. Mir bietet sich ein fast schon gespenstischer Anblick. Ein zierliches blutjunges weißes Mädchen steht in Hotpants und einem bauchfreien Top vor mir und hat ölige Hände. Ich traue mich eigentlich nicht, zu fragen, aber ein innerer Zwang drängt mich dazu. »Wie alt bist du?« — »Achtzehn«, erwidert die Kleine mit osteuropäischem Akzent, und auf mich wirkt die Antwort einstudiert. »Ich weiß, dass du nicht achtzehn bist. Bitte sag mir die Wahrheit!« Mein Blick fleht sie förmlich an. Ich bestehe auf einer Antwort und schließlich gibt sie kleinlaut zu, dass sie erst elf Jahre alt ist. Ich bin schockiert. »Wie bist du hierhergekommen? Und warum erzählst du mir, dass du achtzehn Jahre alt bist?«, will ich wissen. »Sie haben uns angewiesen, den Kunden immer zu sagen, dass wir mindestens achtzehn Jahre alt sind. Damit der Kunde keine Schwierigkeiten bekommen kann.« — »Wen meinst du mit *sie*?«, bohre ich nach. »Was machen die mit euch? Werdet ihr hier gefangen gehalten? Zwingen sie euch zu Dingen, die ihr eigentlich nicht machen wollt?« Mir ist voll und ganz bewusst, dass meine Fragen eigentlich rhetorisch sind und ich die Antwort schon kenne. Doch ich habe keine Ahnung, was ich sonst sagen soll. »Sie bieten uns dafür ein sicheres Leben.« — »Aus welchem Land kommst du? Wo sind deine Eltern? Haben sie dich verkauft oder bist du entführt worden?« Ich fasse es nicht, dass sie meiner Frage bewusst ausweicht und mir stattdessen ihre Preise nennt. »Eine halbe Stunde mit mir kostet 150 Dollar. Eine Stunde 250 Dollar. Für 100 Dollar extra darfst du mir deinen Penis in den Popo stecken.« Ich verlasse diese makabre Situation wortlos, laufe eilig die Treppe hinunter und stürme in das Apartment, in welches David vorhin reingegangen ist. Und dort sehe ich, wie David masturbierend im Bett liegt, während ein Mädchen, etwa so alt wie die Kleine oben, gerade nackt vor ihm einen Striptease aufführt. David und ich starren uns an, er hat seinen voll erigierten Schwanz in der Hand, und da jedes Wort überflüssig ist, gehe ich. David läuft mir halb nackt nach und stellt mich kurz vor dem Ausgang aufgelöst zur Rede. »Was ist dein beschissenes Problem?« — »Diese Mädchen sind *minderjährig* und sie werden *sexuell versklavt*!«, erwidere ich aufgebracht. »Würdest du bitte etwas leiser reden! Kein Mensch zwingt dich hier zu irgendetwas, Mann! Du musst deine Masseuse ja nicht vögeln, wenn du das nicht möchtest!«, stellt er flüsternd fest. Er versucht, mir gut zuzureden und mich zu beruhigen, doch vor mir steht bloß ein entfremdeter Triebtäter, den ich eigentlich zur Rechenschaft ziehen möchte. »Das hier ist Unrecht, Dave. Verstehst du mich? Es ist einfach nicht *richtig*!« — »Wir sind doch alle böse Jungs, Rob. Worüber regst du dich also auf?«, reagiert David mit einer Abgebrühtheit, die mich fassungslos macht. David fährt fort: »Für manche sind pädophil veranlagte Männer eigentlich *Opfer*, weil es streng genommen die Diagnose einer Krankheit ist. Sie sind nicht schuld an ihren sexuellen Gefühlen.« — »Aber sie sind verantwortlich für ihr sexuelles *Verhalten*!«, antworte ich gereizt. »Ich gehe jetzt wieder in das Zimmer und ficke diese Dreizehnjährige. Wenn du ein Problem damit hast, dann ruf doch die Polizei und guck, was passiert! Aber sag dann bloß nicht, ich hätte dich nicht vor den Konsequenzen gewarnt!« — »Willst du mir etwa drohen?«, reagiere ich verstört. »Nein, Mann. Das ist lediglich eine *Warnung*!« — »Was passiert, wenn dein Vater davon erfährt, Dave? Ist er nicht der beste Kumpel unseres Finanzministers? Und was passiert, wenn der davon Wind bekommt? Sind wir dann nicht alle am Arsch? Die werden für uns noch den elektrischen Stuhl wieder einführen!« — »Was glaubst du eigentlich, wer mir diesen Schuppen hier empfohlen hat? Wer denkst du ist hier der

Ich wünschte, ich wäre in einer existenziellen Krise. Dass mich Zweifel über die Sinnhaftigkeit meines Lebens quälen würden. Ich glaube, das wäre echt angebracht. In meinen Gedanken suche ich nach einer moralisch wertvollen Tat, doch mir fällt nichts sein. In Wahrheit bin ich ambivalent, was den Sex mit dieser Elfjährigen angeht. Und ich ertappe mich selbst ständig dabei, wie ich mir das Ganze schönrede und rechtfertige. Ich denke nicht einmal daran, irgendetwas zu gestehen. Vielmehr rede ich mir ein, dass ich unschuldig bin und gar nichts Verwerfliches getan habe. Ich bin mir bewusst, dass die Fragen, die ich mir stelle, in moralischer Hinsicht unannehmbar sind. Dass sie höchstwahrscheinlich verabscheuenswert und gewissenlos sind. Aber ich bin mir außerdem sicher, dass das immer noch besser ist, als alles zu verdrängen und innerlich totzuschweigen. Kann Sex mit einem minderjährigen Mädchen etwas Romantisches an sich haben? Mord ist schlimmer, als einen Ring zur sexuellen Ausbeutung Minderjähriger zu betreiben. Wie viele einflussreiche und prominente Personen wissen davon? Es wird niemals zur Gänze vermieden werden können, dass minderjährigen Mädchen sexuelle Gewalt angetan wird. Prostitution und Menschenhandel sind doch die ältesten Gewerbe der Welt. Und ich finde, erzwungene

Prostitution ist besser als Vergewaltigung. Es würde echt zu weit gehen, wenn ich mich selbst als Kinderschänder abstempeln würde. Im schlimmsten Fall bin ich, und als solcher muss ich mich auch bezeichnen, ein Nachahmungstäter.

Irgendwann bekomme ich eine WhatsApp-Nachricht von David. Es ist ein Screenshot von einem kleinen Mädchen beim Oralsex. David kommentiert es mit den Worten *I Know* und mit vielen lachenden und weinenden Smileys. Ich weiß nicht, was das soll, und finde es echt schäbig. Jede Reaktion darauf wäre falsch, also lasse ich es sein, auch nur *irgendetwas* zurückzuschreiben. Ich wische David stattdessen einfach weg und lösche unseren Chat.

Schlagartig muss ich dann an *Ich weiß, was du letzten Sommer getan hast* denken. Nicht weil ich diesen Film mag, tatsächlich finde ich ihn beschissen, was auch die Meinung der Autorin des zugrunde liegenden Buches ist. Fehlende Logik ist in Horrorfilmen allgemein weitverbreitet, deshalb will ich mal nicht ganz so streng sein. Aber *Ich weiß, was du letzten Sommer getan hast* ist in meinen Augen so ziemlich der schlechteste Slasherfilm überhaupt. Mich beschäftigt dieser Streifen nicht, weil ich Angst davor habe, dass eines Tages ein Typ in Ölmantel mit Schürhaken Jagd auf mich macht. Ich muss bestimmt deshalb jetzt an diesen Film denken, weil es in ihm darum geht, wie schwierig es ist, eine unrechtmäßige Tat zu verarbeiten. Dass man vielleicht schon versuchen kann, den schrecklichen Vorfall zu vergessen und nie wieder ein Wort darüber zu verlieren, aber dass das böse Karma einen schlussendlich einholt und zur Rechenschaft zieht. Wie im Film sehe ich mein Verhalten mit der Elfjährigen letztlich als einen Unfall an, den es zu vertuschen gilt. Allerdings, um ehrlich zu sein, habe ich nur begrenzt Schuldgefühle. Fast automatisch fallen mir wieder die zwei biblischen Städte aus dem Alten Testament ein, in denen die Menschen ein maßlos lasterhaftes und gottloses Leben führten. Zutiefst unsittliches, unmoralisches und wollüstiges Verhalten prägten beide Städte. Und dieses sündenerfüllte Leben wurde den beiden Städten schließlich zum Verhängnis. Gott begrub sie unter einem Regen aus Feuer und Schwefel. Alles wurde zerstört und vernichtet, nachdem sich dort nicht genügend Unschuldige und Gerechte finden ließen. Der Allvater sorgte dafür, dass die Menschen dort ihre gerechte Strafe bekamen und untergingen.

Ich weiß noch genau, wann ich das erste Mal an die beiden Städte Sodom und Gomorra denken musste. Ich war Gastgeber einer Party, und als ich am nächsten Morgen die Tür zum Partykeller öffnete und ein riesengroßes Chaos vorfand, schossen mir diese Städte schlagartig durch den Kopf. Es begann mit einer Unordnung, dann dachte ich an sie bei Ausschweifungen in Form von Orgien und Gruppensex, und letztlich denke ich an Sodom und Gomorra auch jetzt nach meiner bislang wohl größten Unmoral. Manchmal stelle ich mir sogar vor, dass New York und Los Angeles wegen der großen Sünden ihrer Bewohner eines Tages durch Meteoriten vernichtet werden.

Ich bin mit Casey auf irgendeiner Party in einer großen, modernen exzentrischen Villa. Casey ist wohl mit der Gastgeberin befreundet, sie ist angeblich ein aufstrebendes Model. Casey erzählte mir, sie hätte gerade bei einer wichtigen Modelagentur unterschrieben und dass sie bereits Fotoshootings bei bekannten Fotografen und Laufstegbuchungen für Emporio Armani hat. Diese Fete ist wohl so eine Art Klassentreffen, denn die meisten Partygäste sind zusammen zur Schule gegangen und waren Klassenkameraden. Und viele scheinen beruflich irgendwie miteinander vernetzt zu sein. Es sind ein paar junge Modelkonkurrentinnen da, allesamt mit hellem Teint, übertrieben geschminkt und mit Klebewimpern. Selbst die anwesenden Visagistinnen und Kostümdesignerinnen fallen durch die Blässe ihrer Haut auf. Eine gebräunte Frau ohne Make-up ist als Moderatorin im Sportfernsehen tätig, sie ist mit einem Investmentbanker verheiratet und sie wird von allen anderen, bewusst oder unbewusst, gemieden. Wenn man bedenkt, dass alle Gäste offenbar ein interessantes und spannendes Leben führen und sogar ein Partyplaner engagiert worden ist, dann würde ich das hier fast als langweilige Stehparty bezeichnen. Ich halte mich mit Casey in einer Runde alter Schulfreunde auf, sie labern über Strandhäuser im mediterranen Stil, über Fototermine am Pool, über Jetskis, über TV-Tanzshows, über Fitnessübungen, über die Mojave-Wüste und wie man ein eingeschlafenes Sexleben am besten wieder aufpeppt. Irgendwann nehmen alle Ecstasy, Casey und mich eingeschlossen, und eines der Models macht mir sexuelle Avancen, auf die ich allerdings nicht eingehe. Der Höhepunkt dieser skurrilen Modenschau ist für mich, als einige der Partygäste sich mit einer Glasscherbe absichtlich schneiden und ihr Blut in den Punsch rinnen lassen. Anschließend wird der Bowlentopf herumgereicht, damit sich jeder einen Cocktail aus Alkohol und Blut nehmen kann. Ich weiß nicht, ob es an den Ecstasy-Pillen liegt und ob die Partygäste sich plötzlich

für Vampire halten, aber sie trinken tatsächlich ihr eigenes und fremdes Blut. Casey und ich passen und hauen dann relativ bald ab.
Ich dachte eigentlich, dass wir entweder zu mir oder zu ihr fahren und unter Drogeneinfluss miteinander vögeln, doch das Taxi fährt uns irgendwo anders hin. Und als wir durch die nächtlichen Hollywood Hills fahren, da frage ich Casey irgendwann, wo wir hinwollen und ob sie in ihrem Drogenrausch vielleicht vergessen hat, wo wir wohnen. Doch sie lächelt nur, hält mich bewusst hin und verschweigt mir ihren Plan. Kurz darauf sind wir in einem völlig anderen Ambiente. Einen größeren Kontrast zu den von Neonlichtern erleuchteten Straßen und dem Glamour von Los Angeles könnte es nicht geben. Casey und ich betreten ein abgelegenes, heruntergekommenes Lagerhaus. Sie reagiert nicht auf meine Fragen und nimmt mich nur wortlos bei der Hand. Sie führt mich in den Keller und dort steht ein muskulöser Typ, der offensichtlich Bodybuilding betreibt, vor einer geschlossenen Tür. Casey drückt dem Türsteher zwei Hundert-Dollar-Scheine in die Hand. Darauf öffnet der Gorilla die Tür und sagt zu uns mit einem zynischen Grinsen: »Willkommen in der Hölle!« Drinnen informiert mich Casey schließlich, dass wir hier in einer alten, nicht mehr

benutzten Leichenhalle sind. Der Raum ist vollkommen in Weiß dekoriert. Auf einem langen gedeckten Tisch findet man gefüllte Champagnergläser und Delikatessen. Casey informiert mich, dass wir hier bei einem illegalen Glücksspiel sind und dass auf Kandidaten und deren Überleben gesetzt werden kann.

Was ich dann sehe, übertrifft jede noch so widerliche und eklige Vorstellung. Bestialische Dinge, die mich sprachlos machen. Albtraumhafte Eindrücke, die man mit Worten kaum beschreiben kann. Das Erleben der Extreme des Hässlichen. Das perverse Vergnügen eiskalter Sadisten, das den Zuschauer trotzdem in seinen Bann zieht.

Es ist ein Russisch-Roulette-Spiel, bei dem die jugendlichen Teilnehmer, sie sind dunkelhäutig und wohl Muslime, in einem Kreis aufgestellt sind und auf Befehl mit ihren großkalibrigen Revolvern, es sind Smith & Wesson .357 Magnum, in den Kopf ihres Vordermannes schießen müssen. Von den fünf Kammern, die die Trommel des Revolvers hat, ist nur eine geladen, aber welche Kammer das ist, kann man von außen nicht erkennen. Bevor das perverse Spiel beginnt, müssen die Teilnehmer die Trommel des Revolvers zum schnellen Rotieren bringen. Nach der ersten Runde, in der zwei Spielern ihre Köpfe wegfliegen, hört man die anderen

Kandidaten in ihrer Todesangst nur noch verzweifelt schreien und um Gnade winseln. Einige pissen sich in ihrer panischen Angst voll und brechen in Tränen aus. Einige Männer in Naziuniformen und mit Sturmgewehren bewaffnet zwingen die unfreiwilligen Teilnehmer zur Fortsetzung des makabren Revolverturniers. Einem Spieler, der sich vehement weigert, weiterzumachen, wird mit einem Nazidolch oder einer Nachbildung davon mehrmals brutal in den Bauch gestochen. Würde ihm nicht in der nächsten Runde das Gehirn weggeblasen, dann wäre er bestimmt an seinen Stichwunden verblutet. Durch Glück und Zufall überlebt ein Spieler mehrere Runden. Einige Zuschauer haben wohl auf den Richtigen gewettet, klatschen und jubeln und singen *God Bless America*. Doch nicht einmal der Gewinner dieses gespenstischen Treibens wird am Ende verschont. Kurz bevor wir gehen, wird der letzte Spieler von den Neonazis mit Blei durchlöchert.

Ich bin durch die Geschehnisse traumatisiert und kaum noch ansprechbar. Irgendwie bin ich sogar erleichtert, psychisch beeinträchtigt und schockiert zu sein. Und ich wäre froh, wenn Casey nicht so unversehrt, sondern ebenfalls gezeichnet von den Erlebnissen wäre. Denn das würde bedeuten, so rede ich es mir ein, dass wir womöglich doch mehr als nur eiskalte Statisten sind. Dass es für uns sehr wohl eine Grenze gibt, die man nicht überschreiten darf. Und dass es etwas gibt, gegen das wir nicht resistent sind. Seit ich wieder hier bin, werde ich von diesem amoralischen Treiben fast schon magisch angezogen. Ich genieße es gewissermaßen und es steht für mich letztlich auch nie ernsthaft zur Debatte, etwas dagegen zu unternehmen. Mein einziger Trost ist, dass ich nach wie vor immer mal wieder so etwas wie ein schlechtes Gewissen habe. Ich frage mich, ob meine Beziehung zu Casey ab sofort komplizierter wird. Ob das grausame Schauspiel Einfluss auf unsere Beziehung haben wird. Aber meine innerlichen Fragen sind letztlich sinnlos und fast schon lächerlich, denn wir leben im selben intakten Umfeld und spüren dieselbe Sorglosigkeit wie davor. »Warum hast du mich dorthin mitgenommen, Casey? Warum waren wir da und haben uns das angesehen?« Vermutlich klingt meine Frage so, als ob es sich um ein beschissenes Rockkonzert oder eine langweilige Musicalnummer gehandelt hätte. »Ich habe mir nichts dabei gedacht, Rob. Ehrlich nicht! Ich wollte uns beiden einfach den nächsten Kick verschaffen, verstehst du?« — »Das ist dir voll gelungen«, erwidere ich zynisch. »Ich wusste nicht, wie heftig das wird, Rob. Man hat mir gesagt, es wäre wie ein Snuff-Film. Das war die einzige Info, die man mir gegeben hat. Dass wir das Livepublikum eines Snuff-Films sind. Ganz ehrlich, ich hatte mir einfach ein paar maskierte Männer vorgestellt, die vielleicht so *tun*, als ob sie ein Mädchen foltern würden oder so. Und zwar rein zur Unterhaltung der Zuschauer. Dass es zwar einen real wirkenden Eindruck macht, aber in Wirklichkeit gestellt ist.« — »Du gottverdammte Lügnerin!« Ich schaue sie vorwurfsvoll an. »Spiel jetzt bitte nicht die Ahnungslose, Casey! Du wusstest doch ganz genau, was da abgehen wird! Du wusstest, dass da Gefangene sind, die gezwungen werden, russisches Roulette zu spielen! Und du wusstest, dass die Zuschauer auf das Ergebnis wetten würden!« — »Das stimmt nicht, Rob! Ich wusste es nicht!«, verteidigt sie sich vehement. Bevor ich überhaupt die Gelegenheit bekomme, das Wort *Polizei* in den Mund zu nehmen, beschwört mich Casey: »Hör mir bitte gut zu, Rob. Es ist wirklich enorm wichtig, dass du mit niemanden auch nur ein Wort darüber sprichst!« Ihr flehentlicher Gesichtsausdruck zeigt mir deutlich, wie sie sich fühlt. »Ich meine es wirklich ernst, Rob!« Sie bittet mich nachdrücklich und inständig darum, meinen Mund zu halten. Ich verstehe sie und erwidere ihr, dass ich auf gar keinen Fall irgendetwas sagen werde. Darauf Casey mit immer noch besorgter Miene: »Ich glaube nicht, dass es etwas gibt, wozu diese Menschen nicht fähig sind.« — »Das musst du mir nicht sagen, Casey. Das weiß ich!« — »Ich habe gehört, dass die Opfer Vergewaltiger und Terroristen sind.« — »Was??«, reagiere ich so, als ob ich mich gerade verhört hätte. »Die Teilnehmer an dem russischen Roulette waren Vergewaltiger und Terroristen.« — »Sagst du das, damit ich mich besser fühle? Oder damit du dich selbst besser fühlst?« — »Ich lasse dich nur wissen, was man mir gesagt hat. Klar möchte ich uns beide damit beruhigen. Aber ich erzähle dir die Wahrheit!« Casey bringt mich völlig aus dem Gleichgewicht. Ich fürchte, nicht die richtigen Antworten zu finden. Ich bezweifle, dass ich in der Lage bin, angemessen zu reagieren. »Wer hat dir das denn gesagt, Casey? Etwa der muskulöse Typ vor dem Eingang, der den Eintrittspreis von dir abkassiert hat? Oder die Aufseher mit den Sturmgewehren? Oder haben es dir die klatschenden Zuseher erzählt?« — »Wenn es stimmt, dann ist es zulässige Vergeltung, nicht wahr? Dann wäre es im Grunde genommen bloß Selbstjustiz, oder?« — »Ich denke, dass diese Unterweltorganisation oder wer auch immer diese Menschen hingerichtet hat, weil sie aus dem Nahen Osten stammen. Dieser Grund allein hat ihnen gereicht.« — »Vertrau mir, Rob. Das waren böse Menschen! Die haben das nicht bloß aus Spaß gemacht. Glaub mir, da steckt mehr dahinter. Das waren üble Verbrecher!« — »Dann sollte man sie vor ein Gericht stellen!«, brülle ich Casey aus heiterem Himmel an. Und nachdem ich mich wieder beruhigt habe, sage ich schließlich, während ich in Nahaufnahme all das Blut und die verspritzten Gehirnmassen an den Wänden vor Augen habe: »Ich schwöre dir, der Tag wird kommen, Casey … da werden wir für diese Sünde, dass wir tatenlos zugeschaut und nicht eingegriffen haben, bezahlen müssen.«

Ich stehe mit Casey, Steve, David und Kenny am Bahnhof und wir warten mit gepackten Koffern auf unseren Zug. Es ist ein warmer, gewöhnlicher Tag, eine etwas unangenehme Schwüle liegt in der Luft, und es ist trotz der vielen Menschen hier sehr ruhig. Wir reden über einen Europatrip, bleiben schnell bei Amsterdam hängen und schwärmen über die vielen Bordelle und den großzügig erlaubten Cannabiskonsum. Dann fangen die anderen an, bereits jetzt über die diesjährige Silvesterparty zu quasseln und da ich ein kompletter Silvestermuffel bin, beteilige ich mich nicht an ihren Plänen. Ich trage ein T-Shirt mit dem Aufdruck eines stinkefingerzeigenden Gartenzwergs und irgend so ein älterer Typ murmelt im Vorbeigehen in meine Richtung, ich glaube *Freakshow*.

Als unser Zug dann mit etwas Verspätung im Bahnhof eintrifft, kommt es schlagartig zu drastischen Bildern. Aus dem Zug springen drei islamistische Attentäter, jedenfalls sind sie dunkelhäutig und tragen Vollbärte, und schießen mit Kalaschnikows wild um sich. Ich erlebe hautnah mit, wie ein kleines Kind am Hals getroffen wird und vor Schmerzen wie verrückt schreit. Nach etwa zwei Minuten endet das schwere Dauerfeuer zunächst. Ich habe mich wie viele andere panisch auf die Gleise vor den Bahnsteigen geworfen. Ich weiß nicht, warum die Terroristen nun nicht mehr feuern, vielleicht sind die Magazine ihrer Waffen leergeschossen. Ein paar mutige Passagiere nutzen die Feuerpause und versuchen, die Attentäter zu überwältigen. Ich sehe, wie ein junger Mann sich energisch auf einen der Angreifer stürzt und ihm seine Kalaschnikow entreißt. Daraufhin sprengt sich der Attentäter in die Luft. Die Explosion ist so gewaltig, dass es jedem in der Nähe sämtliche Körperteile wegfetzt. Die Detonationen der anderen

Selbstmordattentäter folgen unmittelbar darauf. Ich glaube mindestens acht Bombenexplosionen zu registrieren. Selbst in den eng besetzten Personenwaggons detonieren Sprengsätze. In meiner Schockstarre finden diese Erschütterungen für mich fast wie in Zeitlupe statt. Ich sehe unzählige Todesopfer und Verletzte. Die Explosionen sind verheerend. Es fühlt sich für mich beinahe so an, als würde vor meinen Augen die Sonne explodieren. Ein großer Bus, der vor dem Bahnhof parkt, wird ebenso zerfetzt. Das Ausmaß des Anschlags ist nicht in Worte zu fassen. Die Unglücksstelle ist ein einziges Schlachtfeld. Überall liegen verbrannte und verkohlte Leichen und blutüberströmte abgerissene Körperteile. Steve ist bis zur Unkenntlichkeit entstellt. Die komplette Haut ist ihm vom Gesicht geschmolzen. Ich sehe nur noch Knochen, Eingeweide und die Überreste seiner Beine. Ich kann Steve nur anhand eines Kleidungsfetzens identifizieren. David hat alle Gliedmaßen verloren und ist von seinen eigenen oder von fremden Gedärmen übersät. Kenny hat kein Körperteil verloren, doch er besteht nur noch aus offenem und verkohltem Fleisch. Casey wurde durch irgendein großes Metallteil beinahe der Kopf abgetrennt. Ein weiterer spitzer Gegenstand steckt in ihrem Bauch und ist so tief eingedrungen, dass Innereien aus der Wunde herausquellen. Alle meine Freunde sind tot. Ich bin verzweifelt, als ich sie in ihren Blutlachen liegen sehe und verfluche den Umstand, als einer der wenigen überlebt zu haben. Ich glaube zunächst sogar, das Inferno körperlich unbeschadet überstanden zu haben, doch nachdem der erste Schock sich zu lösen beginnt, bemerke ich, dass mir mein rechter Arm abgetrennt wurde. Und zwar so sauber und genau, dass es den Anschein macht, als wäre er mir amputiert worden. Als ich aufwache, ist mein Kissen feucht und auch mein Bettlaken ist völlig durchnässt von meinem Schweiß. Ich bin einfach nur heilfroh und sehr erleichtert, dass ich diesen Höllentrip nur geträumt habe.

»Ich überlege, vielleicht wieder nach New York zu gehen«, sage ich emotionslos zu Casey. »Warum?« — »Keine Ahnung. Einfach so.« — »Wenn du nach New York flüchtest, verschwinden deine Probleme nicht«, stellt Casey fest. »Meiner Meinung nach solltest du hierbleiben und dich damit auseinandersetzen, anstatt sie einfach irgendwo anders hin mitzuschleppen.« — »Wer sagt denn, dass ich Probleme habe?« — »Warum denkst du denn sonst daran, abzuhauen?«, fragt mich Casey. »Vielleicht, weil ich hier einfach keinen Sinn sehe.« —

»Und woanders würdest du einen Sinn finden?«, reagiert sie zynisch. Ich antworte nicht darauf, starre nur vor mich hin. »Wenn du nach New York gehst, komme ich mit.« — »Ich will doch eigentlich gar nicht nach New York, Casey. Ich möchte hier mit dir in L.A. bleiben.«
Casey und ich quatschen anschließend über die erinnerungswürdigsten Momente unseres bisherigen eintönigen Lebens. Wir waren auf ein paar ultimativen, wilden Partys, die ganz schön außer Kontrolle geraten sind. Von einem ruhigen Beginn bis hin zu einem völligen Desaster. Wir scherzen darüber, in Zukunft zusammen einen Podcast namens *Die Seeteufel* zu moderieren, in dem wir hauptsächlich über virale Internet-Clips und Influencer herziehen würden. Wobei ich einwerfe, dass A.C.A.B. womöglich ein besserer und passenderer Titel für unsere Show wäre. Also *All Cops Are Bastards*. Und wir haben einen ähnlichen Text in das Jahrbuch der Abschlussklasse geschrieben und wir fragen uns und spaßen darüber, ob uns das womöglich zu Seelenverwandten macht. Außerdem lieben wir beide den Song *Freak On a Leash* von Korn und die Serie *Ozark*. Dann sage ich ihr, dass ich mir wünschen würde, ich hätte schon früher ihre körperlichen Vorzüge gesehen und dass ich bedaure, sie damals nicht gefragt zu haben, ob sie mit mir zum Ab-

schlussball gehen wollte. Mein Date, mit dem ich damals auch die Nacht nach dem Ball verbracht habe, erhielt zwar ein Stipendium an einer renommierten Universität. Allerdings verdient sie heute ihr Geld mit Pornofilmen auf OnlyFans, nachdem sie gelegentlich für Männermagazine gemodelt hatte, wie mir kürzlich zu Ohren kam. Ich hätte kein Problem damit, wenn Casey meine Worte als Liebeserklärung ansieht. Als ich Casey mitteile, dass ich sie sehr bald wieder in ein feines nobles Restaurant ausführen möchte, erwidert sie: »Du hast mir letztens doch gesagt, ich soll eine Ziege ficken und dazu ist mir ein komischer Witz eingefallen. Glaube ich zumindest.« Ich stelle richtig, dass ich lediglich eine *Redewendung* benutzt habe. Sie hängt sich an Zitaten so eigenartig auf und nagelt mich darauf fest. Ich benutze nie wieder *Hasta la vista, baby!,* um mich von ihr zu verabschieden. »Zwei Typen treffen sich zufällig auf der Straße. Und der eine Typ fragt den anderen: »Hey! Sag mal, bist du nicht der Sohn vom Ziegenficker?« Und der andere Typ meckert darauf: »Nää hää nää hää.« Ich schenke ihr ein gezwungenes Lächeln. Nach einer Weile der Stille fragt mich Casey: »Was denkst du gerade?« Ich reagiere darauf mit einem teilnahmslosen: »Was weiß ich.« Irgendwie fühle ich mich in einem Kreislauf gefangen. Jeder noch so heftige

Nervenkitzel scheint für mich persönlich keine negativen Konsequenzen zu haben. Manchmal glaube ich, mich in einer Endlosschleife zu befinden, aus der ich nicht mehr rauskommen kann. Ich denke nicht, dass es für mich so etwas wie eine Katharsis gibt. Wahrscheinlich bin ich das Spiegelbild einer verlorenen Generation. Und das Einzige, was mir im Moment im Kopf herumschwirrt, ist wie so oft einfach nur *Sodom und Gomorra.*

S&G

Zeitfracht Medien GmbH
Ferdinand-Jühlke-Straße 7,
99095 - DE, Erfurt
produktsicherheit@zeitfracht.de

FSC
www.fsc.org
MIX
Papier | Fördert gute Waldnutzung
FSC® C083411